世界经典文学名著

——影响你的一生

外国经典

新课标必读系列丛书

THE NEW CURRICULUM STANDARDS REQUIRED SERIES

# 马克·吐温中短篇小说选

[美]马克·吐温/著　钟文婷/编译

名著阅读的最佳引导者

海峡出版发行集团 THE STRAITS PUBLISHING & DISTRIBUTING GROUP | 福建人民出版社 FUJIAN PEOPLE'S PUBLISHING HOUSE

图书在版编目（CIP）数据

马克·吐温中短篇小说选 /（美）马克·吐温著；钟文婷编译. —— 福州：福建人民出版社，2013.10 （2017.7 重印）
（新课标必读系列丛书）
ISBN 978-7-211-06777-0/01

Ⅰ.①马… Ⅱ.①马… ②钟… Ⅲ.①中篇小说－作品集－美国－近代②短篇小说－作品集－美国－近代
Ⅳ.① I712.44

中国版本图书馆 CIP 数据核字 (2013) 第 171350 号

外国经典 新课标必读系列丛书
The New Curriculum Standards Required Series

# 马克·吐温中短篇小说选

【美】马克·吐温／著　钟文婷／编译

| | | | |
|---|---|---|---|
| 总策划： | 周凯龙　汤伏祥　林顶 | 经　销： | 福建新华发行（集团）有限责任公司 |
| 责任编辑： | 林顶 | 印　刷： | 北京一鑫印务有限责任公司 |
| 出版发行： | 海峡出版发行集团 | 地　址： | 北京市顺义区北务镇政府西 200 米 |
| | 福建人民出版社 | 开　本： | 787mm×1092mm　1/16 |
| 网　址： | www.fjpph.com | 印　张： | 13 |
| 地　址： | 福州市东水路 76 号 | 字　数： | 250 千字 |
| 电　话： | 0591-83635634 | 版　次： | 2013 年 10 月第 1 版 |
| 装帧设计： | 福州良之设计工作室 | 印　次： | 2017 年 7 月第 2 次印刷 |
| 插图绘制： | 北京印刷学院 | 定　价： | 29.80 元 |
| | 数字出版绘画艺术工作室 | 书号： | ISBN 978-7-211-06777-0/01 |

新华福龙 XINHUA FULONG
发行中心：福建省福州市福光路 189 号 3 楼　邮　编：350014
电　话：0591—63121760 63121761　传　真：0591—87576255

# 导 读

马克·吐温（1835–1910）原名塞缪尔·朗荷恩·克列门斯，生于美国密苏里州。他的父亲约翰·马歇尔·克莱门斯原是法官，有四个孩子，马克·吐温排行老三。克莱门斯法官受人尊敬，但收入微薄，更兼命运不济——买了田地未见收益，开店又赔本，负债累累，最后只好拍卖财产以偿债，在一贫如洗中病逝。其父死后，十二岁的马克·吐温不得不辍学到印刷所去当学徒，十五岁时就开始了写作生涯，主要写幽默小品和杂文。大约在他二十一岁的时候，终于有机会在密西西比河航行的轮船上干活，他学会了领港的本事。这是令他最难忘的一段生活。他接触到各种各样的人，从船长、水手到南方各州的绅士、移民、人贩子等，为他今后的创作积累了许多素材。

但好景不长，南北战争爆发后，密西西比河航运业停止，他只得去西部发展。他先去淘金，后到报馆当记者，这是他写作生涯的起点。他写幽默滑稽小品、故事，出名之后，便去了东部。不几年他发表了《傻子国外旅行记》（1869 年）和《过苦日子》（1872 年）两部作品，前者是他为报馆所写的旅欧报道，所谓"傻子"，是指天真无知的美国人。他们到了欧洲，嘲弄欧洲的文化古迹，而自己又土头土脑，举止粗俗。这些报道写得滑稽有趣，很受读者欢迎。《过苦日子》是回忆他在西部的生活，从随他哥哥到内华达写到他开始作幽默演讲为止。

十九世纪七十年代初，他同一位富商的女儿奥·兰登结了婚，定居康涅狄格州的哈特福德。一八七四年，他同人合作写了一部长篇小说《镀金时代》，嘲讽当时弥漫全国的投机、发财气氛。此后，马克·吐温以写作为生，收入颇丰，生活稳定。

在哈特福德定居期间，马克·吐温创作了十来部长篇，是他最为多产的时期。《汤姆·索亚历险记》（1876 年）是对童年生活的生动描写。小主人公汤姆不喜欢呆板乏味的小镇生活，追求新奇、冒险的生活感受。《在密西西比河上》（1883 年）回忆了作者当年的航行生涯，包括拜师学艺，大河景象，有的章节写得极有诗意，透出马克·吐温对运河生活的怀念之情。在这个时期，他主要作品是《哈克贝利·费恩历险记》（1884 年）。主人公哈克是一个穷白人的儿子，曾在《汤姆·索亚历险记》中出现过。他害怕醉鬼父亲的毒打，也受不了正规家庭的种种戒律，便与黑奴吉姆为伴，乘坐木筏沿密西西比河漂流，寻找自由州。一个白人男孩和一个逃亡的奴隶相依为命，经历了种种险情，反映了南北战争以前美国的社会生活。哈克起初陷入为难的境地，但经过内心斗争，终于克服了“畸形的意识”，没有出卖黑奴吉姆，“健全的心灵”取得了胜利，这正是马克·吐温自由、平等的民主理想。这部小说运用生动活泼的美国口语写成，而且各种人物有各种不同的语言，为美国文学开创了新的文风。这一切都使得这部小说成为美国十九世纪文学的经典之作。

从十九世纪八十年代末开始，马克·吐温的创作进入后期，幽默、滑稽的笑声少了，讽刺、批判的成分多了，主题也趋向严肃的社会问题。《亚瑟王朝上的康涅狄格美国人》（1889 年）被誉为当代“黑色幽默”的先驱。这部小说把 个十九世纪的美国人打发到六世纪的英国去，用一种特有的幽默风格揭露专制独裁的社会体制。《傻瓜威尔逊》（1893 年）通过两个婴儿调包的故事批判美国社会的种族歧视。《冉·达克》（1896 年）歌颂法国民族英雄，浪漫的气氛浓重。

晚年，马克·吐温主要作品是写《自传》，发表在他去世之后（1924 年）。其他一些作品带有悲观色彩，流露出对“人”的失望情绪。他这种思想的转变，有人归之于他企业经营的失败，发财梦的幻灭，爱妻的去世，爱女的早逝，也有人认为是社会风气的堕落使他看不到光明。

马克·吐温诞生那一年，哈雷彗星划过长空马克·吐温预言他将随这颗彗星而去。一九一〇年四月十九日，哈雷彗星闪现在天际，四天之后，马克·吐温果真随之离开了人间。

幽默讽刺是马克·吐温小说创作的最显著特征，鲁迅说他的幽默之中含着哀怨，含着讽刺。他的幽默独具特色，他喜欢贴近生活，选择生活中最具讽刺意义的事物加以漫画式的夸张，让人在捧腹之余对生活进行深刻的思考，使幽默具有丰富的现实内容。他的作品有着轻松自如、灵活多变的风格，这与美国西部的幽默传统密切相关。

美国西部的幽默故事有着悠久的传统。自从有人向西开发以来，就有探险的趣闻轶事在拓荒者中间流传。人们通过讲述这些滑稽有趣的故事来排遣寂寞，解除一天的疲劳。这些趣闻的特点是滑稽、幽默、夸张、离奇。它们都是口述的，又经过不同的讲故事人的渲染，添枝加叶，变换角度，因而富有感染力，成了美国口头文学一宗宝贵的财富。

早在马克·吐温诞生之前，这种幽默滑稽文学已经从口头流传发展到书面印刷。作者大多数是来自东部的文化人：记者、教师或者官员。他们喜爱那些粗旷、夸张、滑稽的故事，并且根据各自的趣味，把它们整理改编之后发表在报纸上。马克·吐温在内华达当记者，后在旧金山等地采访，这段时间正是西部幽默创作的繁荣时期。马克·吐温这个笔名（译为“侧标两寻”，即十二英尺，水位安全，船可通过）就是他在内华达当记者时取的。他的成名作《卡拉维拉斯县驰名的跳蛙》写于旧金山，那时他已经三十岁。后来他根据自己的见闻撰写了大量的幽默短篇，以十九世纪六七十年代产量最多。

从这些故事看来，马克·吐温有三个特色：第一，他在西部幽默传统的基础上，发挥极度夸张的艺术想象；第二，作品常常以第一人称“我”为主人公，这些主人公们大都天真、老实、无知、思想单纯，什么事都一厢情愿，结果常常事与愿违；第三个特点是幽默里含有讽刺。他在《自传》里总结他写幽默小说的经验，说“为幽默而幽默是不可能经久的。幽默只是一股香味儿和花絮。我老是训诫人家，这就是为什么我能够坚持三十年”。“三十年”，是指从他开始写作至写自传时为止。他所谓“训诫人家”是说他写小说含有抑恶扬善的严肃的创作目标。他常用一本正经的口吻讲述荒诞不经的故事，从而形成鲜明的对照，由此产生令人发笑的喜剧效果。

本书精选了马克·吐温脍炙人口的中、短篇小说十五篇。这些小说或记叙人间的各种奇事轶闻，展现人间百态，如《火车上的嗜人事件》、《狗的自述》；或辛辣讽刺金钱社会中人性的扭曲，如《百万英镑》、《三万元遗产》；或嘲讽世俗社会中让人苟且偷安的道德规范，如《坏孩子的故事》；或揭露社会的黑暗面和种种不公的制度，如《竞选州长》、《田纳西的新闻界》；或书写作者心灵中良善温暖的一面，如《加利福尼亚人的故事》。这些作品中的马克·吐温式的幽默色彩都极为鲜明，其中更蕴涵着作者对人生的深邃思索。

马克·吐温中短篇小说选

# 目录


竞选州长……001
修表记……008
卡拉维拉斯县驰名的跳蛙……012
神秘的访问……020
坏孩子的故事……026
我最近辞职的经过……031
田纳西的新闻界……038
大宗牛肉合同的事件始末……046
加利福尼亚人的故事……055
百万英镑……066
狗的自述……093
火车上的嗜人事件……106
和移风易俗者一起上路……118
白象失窃记……138
三万元遗产……162

# 马克·吐温经典幽默：

演讲

一次偶然的机会，马克·吐温与雄辩家琼西·M·得彪应邀参加同一晚宴。席上演讲开始了，琼西·M·得彪滔滔不绝，情感丰富地讲了20分钟，赢得了一片热烈的掌声。然后轮到马克·吐温演讲。马克·吐温站起来，面有难色地说："诸位，实在抱歉，会前琼西·M·得彪先生约我互换演讲稿，所以诸位刚才听到的是我的演讲，衷心感谢诸位认真的倾听及热情的捧场。然而，不知何故，我找不到琼西·M·得彪先生的讲稿，因此我无法替他讲了。请诸位原谅我坐下。"

混蛋

马克·吐温有一次因为看不惯国会议员在国会通过某个法案，因此在报纸上刊登了一个广告，上面写着："国会议员有一半是混蛋。"报纸一卖出，许多抗议电话随之而来，这些国会议员可不认为自己是混蛋，纷纷要求马克吐温更正。马克吐温于是又刊登了一个更正："我错了，国会议员，有一半不是混蛋。"

车票

马克·吐温外出乘车。当列车员检查车票时，他翻遍了每个衣袋，也没有找到自己的车票。刚好这个列车员认识他，于是就安慰马克·吐温说："没关系，如果您实在找不到车票，那也不碍事。""咳！怎么不碍事，我必须找到那张该死的车票，不然的话，我怎么知道自己要到哪儿去呢？"

# 竞选州长

几个月之前，我被提名为纽约州州长候选人，代表独立党与斯坦华脱·勒·伍福特先生和约翰·特·霍夫曼先生竞选。我总觉得自己有超过这两位先生的显著的优点，那就是我的名声好。从报上容易看出：如果说，这两位先生也曾知道爱护名声的好处，那是以往的事。近几年来，他们显然已将各种无耻罪行视为家常便饭。当时，我虽然对自己的长处暗自庆幸，但是一想到我自己的名字得和这些人的名字混在一起到处传播，总有一股不安的混浊潜流在我愉快心情的深处“翻搅”。我心里越来越不安，最后我给祖母写了封信，把这件事告诉她。她很快给我回了信，而且信写得很严峻，她说：

你生平没有做过一件对不起人的事——一件也没有做过。你看看报纸吧——一看就会明白伍福特和霍夫曼先生是一种什么样子的人，然后再看你愿不愿意把自己降低到他们那样的水平，跟他们一起竞选。

这也正是我的想法！那晚我一夜没合眼。但我毕竟不能打退堂鼓。我已经完全卷进去了，只好战斗下去。当我一边吃早饭，一边无精打采地翻阅报纸时，看到这样一段消息，说实在话，我以前还从来没有这样惊慌失措过：

伪证罪——那就是一八六三年，在交趾支那的瓦卡瓦克。

有三十四名证人证明马克·吐温先生犯有伪证罪，企图侵占一小块香蕉种植地，那是当地一位穷寡妇和她那群孤儿靠着活命的唯一资源。现在马克·吐温先生既然在众人面前出来竞选州长，那么他或许可以屈尊解释一下如下事情的经过。吐温先生不管是对自己或是对要求投票选举他的伟大人民，都有责任澄清此事的真相。他愿意这样做吗？

我当时惊愕不已！竟有这样一种残酷无情的指控。我从来就没有到过交趾支那！我从来没听说过什么瓦卡瓦克！我也不知道什么香蕉种植地，正如我不知道什么是袋鼠一样！我不知道要怎么办才好，我简直要发疯了，却又毫无办法。那一天我什么事情也没做，就让日子白白溜过去了。第二天早晨，这家报纸再没说别的什么，只有这么一句话：

**意味深长**——大家都会注意到：吐温先生对交趾支那伪证案一事一直发人深省地保持缄默。

〔**备忘**——在这场竞选运动中，这家报纸以后但凡提到我时，必称"臭名昭著的伪证犯吐温"。〕

接着是《新闻报》，登了这样一段话：

**需要查清**——是否请新州长候选人向急于等着要投他票的同胞们解释一下以下一件小事？那就是吐温先生在蒙大那州野营时，与他住在同一帐篷的伙伴经常丢失小东西，后来这些东西一件不少地都从吐温先生身上或"箱子"（即他卷藏杂物的报纸）里发现了。大家为他着想，不得不对他进行友好的告诫，在他身上涂满柏油，粘上羽毛，叫他坐木杠①，把他撵出去，并劝告他让出铺位，从此别再回来。他愿意解释这件事吗？

难道还有比这种控告用心更加险恶的吗？我这辈子根本

就没有到过蒙大那州呀。

〔此后，这家报纸照例叫我做“蒙大那的小偷吐温”。〕

于是，我开始变得一拿起报纸就有些提心吊胆起来，正如同你想睡觉时拿起一床毯子，可总是不放心，生怕那里面有条蛇似的。有一天，我看到这么一段消息：

**谎言已被揭穿！**——根据五方位区的密凯尔·奥弗拉纳根先生、华脱街的吉特·彭斯先生和约翰·艾伦先生三位的宣誓证书，现已证实：马克·吐温先生曾恶毒声称我们尊贵的领袖约翰·特·霍夫曼的祖父曾因拦路抢劫而被处绞刑一说，纯属粗暴无理之谎言，毫无事实根据。他毁谤亡人，以谰言玷污其美名，用这种下流手段来达到政治上的成功，使有道德之人甚为沮丧。当我们想到这一卑劣谎言必然会使死者无辜的亲友蒙受极大悲痛时，几乎要被迫煽动起被伤害和被侮辱的公众，立即对诽谤者施以非法的报复。但是我们不这样！还是让他去因受良心谴责而感到痛苦吧。（不过，如果公众义愤填膺，盲目胡来，对诽谤者进行人身伤害，很明显，陪审员不可能对此事件的凶手们定罪，法庭也不可能对他们加以惩罚。）

最后这句巧妙的话很起作用，当天晚上当“被伤害和被侮辱的公众”从前门进来时，吓得我赶紧从床上爬起来，从后门溜走。他们义愤填膺，来时捣毁家具和门窗，走时把能拿动的财物统统带走。然而，我可以手按《圣经》起誓：我从没诽谤过霍夫曼州长的祖父。而且直到那天为止，我从没听人说起过他，我自己也没提到过他。

〔顺便说一句，刊登上述新闻的那家报纸此后总是称我为“拐尸犯吐温”。〕

引起我注意的下一篇报上的文章是下面这段：

好个候选人——马克·吐温先生原定于昨晚独立党民众大会上作一次损伤对方的演说，却未履行其义务。他的医生打电报来称他被几匹狂奔的拉车的马撞倒，腿部两处负伤——卧床不起，痛苦难言等等，以及许多诸如此类的废话。独立党的党员们只好竭力听信这一拙劣的托词，假装不知道他们提名为候选人的这个放荡不羁的家伙未曾出席大会的真正原因。有人见到，昨晚有一个人喝得酩酊大醉，摇摇晃晃地走进吐温先生下榻的旅馆。独立党人责无旁贷须证明那个醉鬼并非马克·吐温本人。这一下我们终于把他们抓住了。此事不容避而不答。人民以雷鸣般的呼声询问："那人是谁？"

我的名字真的与这个丢脸的嫌疑联在一起，这是不可思议的，绝对地不可思议。我已经有整整三年没有喝过啤酒、葡萄酒或任何一种酒了。

〔这家报纸在下一期上大胆地称我为"酒疯子吐温先生"，而且我知道，它会一直这样称呼下去，但我当时看了竟毫无痛苦，足见这种局势对我有多大的影响。〕

那时我所收到的邮件中，匿名信占了重要的部分。那些信一般是这样写的：

被你从你寓所门口一脚踢开的那个要饭的老婆婆，现在怎么样了？

好管闲事者

也有这样写的：

你干的一些事，除我之外没人知道，你最好拿出几块钱来孝敬鄙人，不然，报上有你好看的。

惹不起

大致就是这类内容。如果还想听，我可以继续引用下去，直到使读者恶心。

不久,共和党的主要报纸“宣判”我犯了大规模的贿赂罪，而民主党最主要的报纸则把一桩大肆渲染敲诈案件硬“栽”在我头上。

〔这样，我又得到了两个头衔：“肮脏的贿赂犯吐温”和“令人恶心的讹诈犯吐温”。〕

这时候舆论哗然，纷纷要我“答复”所有对我提出的那些可怕的指控。这就使得我们党的报刊主编和领袖们都说，我如果再沉默不语，我的政治生命就要给毁了。好像要使他们的控诉更为迫切似的，就在第二天，一家报纸登了这样一段话：

明察此人！——独立党这位候选人至今默不吭声。因为他不敢说话。对他的每条控告都有证据，并且那种足以说明问题的沉默一再承认了他的罪状，现在他永远翻不了案了。独立党的党员们，看看你们这位候选人吧！看看这位声名狼藉的伪证犯！这位蒙大那的小偷！这位拐尸犯！好好看一看你们这个具体化的酒疯子！你们这位肮脏的贿赂犯！你们这位令人恶心的讹诈犯！你们盯住他好好看一看，好好想一想——这个家伙犯下了这么可怕的罪行，得了这么一连串倒霉的称号，而且一条也不敢予以否认，看你们是否还愿意把自己公正的选票投给他！

我无法摆脱这种困境，只得深怀耻辱，准备着手“答复”那一大堆毫无根据的指控和卑鄙下流的谎言。但是我始终没有完成这个任务，因为就在第二天，有一家报纸登出一个新的恐怖案件，再次对我进行恶意中伤。说因一家疯人院妨碍我家的人看风景，我就将这座疯人院烧掉，把院里的病人统统烧死了，这使我万分惊慌。接着又是一个控告，说我为了吞占我叔父的财产而将他毒死，并且要求立即挖开坟墓验尸。这使我几乎陷入了精神错乱的境地。在这些控告之前，还有人竟控告我在负责育婴堂事务时雇用老掉了牙的、昏庸的亲戚给育婴堂做饭。我拿不定主意了——真的拿不定主意了。最后，党派斗争的积怨对我的无耻迫害达到了自然而然的高潮：有人教唆九个刚刚在学走路的小孩，包括各种不同肤色，穿着各种各样的破烂衣服，冲到一次民众大会的讲台上来，紧紧抱住我的双腿，管我叫爸爸！

我放弃了竞选，我降下旗帜投降。我不够竞选纽约州州长运动所要求的条件，所以，我呈递上退出候选人的声明，并怀着痛苦的心情签上我的名字：

你忠实的朋友，过去是正派人，现在却成了伪证犯、小偷、拐尸犯、酒疯子、贿赂犯和讹诈犯的马克·吐温。

---

注释

① 坐木杠：这是当时美国的一种私刑。把认为犯有罪行的人绑住，身上涂上柏油，粘上羽毛，让他跨坐在一根木棍上，抬着他游街示众。

# 修表记

我的那只漂亮的新表起初一直走得很好，十八个月中从没慢过，也没快过，更没停过；那里面的各个部件也都完好无损。因此我不免认为，它在每天时间的判断上的确分秒不爽，在结构组织的完美上更是足堪不朽。但不幸的是，它终于在某个夜晚停了下来；对此我真是悲痛万分，大有熟人前来报凶，大祸临头之感。不过日子一长，我也就慢慢振作起来，于是经常凭着大概，定定表针，早将胸中种种疑团迷信一扫而光。不久，我跑进一家大珠宝店去对对准确时间。店主从我手中接过表去，给我对好，接着他说："表慢了四分钟——它的整时器需要紧紧。"我马上想拦住他——想让他知道这只表在时间上从未出过半点差错。但哪办得到，这个白薯头脑所懂得的就是慢了四分钟，所以整时器必须紧上一紧。因此尽管我在一旁急得直跳，哀求他手下留情，他还是面不改色和手毒心狠地干下了那桩可耻罪行。

于是我的表走得快了起来，而且一天快似一天。不出一个星期，它已经病得发起高烧，脉搏的温度在背阴处也已跃到一百五十。到了两个月将尽，它早已将全城的大小钟表统统抛到脑后，比历史上的日子超出十三天还有余。它早已提前入冬，独自去赏雪，尽管人间此刻还是晚秋，落叶乱飘。在它的带动下，我不得不赶凑房租，赶结账日，赶办一切事务，弄得焦头烂额，狼狈不堪。直到全然无法容忍的地步，我只好将它拿到一家钟表铺处去修理。钟表匠问我，这表以前修理过没有。我回答说没有，它一直好好的，不用修理。他听到后，一脸奸相，透出暗喜，于是急忙撬开表壳，抓起小骰子盒[①]戴在眼上，便瞅了起来。瞅罢讲到，需要擦泥上油，另外说——一个月后来取。

经他除垢上油以及调节后，我的表又开始慢了下来，慢到以后滴答起来，其声悠悠，有如叩钟。在行动上，我开始事事落在后面，变得出门误车，对客爽约，甚至赴宴逾期；我的表还常将那历来的三日宽限[②]拖长到四天五天，结果弄得讨债人前来责骂；我自己也渐渐被拖向昨天，拖向前天，甚至拖向一个星期之前。这样经过一段时间，我终于突然醒悟到，我已成了孤苦伶仃，孑然一身，仍然徘徊在那上上个星期之中，整个世界已经从我的面前消失不见。说来惭愧，我甚至察觉内心深处，我已经与博物馆里的木乃伊隐隐产生了感情，急欲与他们一通款曲。

我于是又去了一家表店，等的功夫，店家已把表全部拆散，然后讲到，表的发条匣子“发了胀了”[③]，三天之后可以修复。

在这以后，这只表只能说是平均来讲，走得还好，但却绝不是万事大吉。有时，一连好几个小时，它那里边简直是在闹鬼，又是吵嚷，又是吼叫，有时咳嗽，喷嚏不断，鼻息不停，搅得你意乱心烦，不知如何是好；在它这么折腾的时候，天下的确没有第二只表赶得上它。但过上一阵，它又会渐渐慢了下去，晃晃悠悠，不慌不忙，于是被它甩到后边的钟表又都一路追了上来。不过，看看一天二十四小时将尽，它又会一阵疾步，风驰电掣般地飞奔到判断台前，正点到达，分秒不误。它拿给人的是它那倒也不错的平均数值，现在职责尽到，谁又能说人家干多干少！但只是平均准确，在表来说，却绝不是什么突出美德。于是，我又带上它另去表铺。铺里人说是中枢梢④发生断裂。我回答道，只要不太严重就好。说实在的，我根本不知道拿中枢梢是什么，只是当着生人面前，又岂可表露无知。

那中枢梢是修理好了，但是既有所得也就必有所失。它成了这种情形，就是一会儿走，一会儿停，再走上一阵，如此等等；至于那短暂快慢，已经完全听凭它去决定，再也无从过问。而且每次发动起来，简直像子弹出膛一般，坐力很大，震得胸口发疼。因此好几天来，我不得不戴上护胸，以保安全。最后我只好再去找人修理。店家把它全部拆开，拿起那残骸在它镜下翻来覆去地检视了一遍，然后宣布，它的微力发火机出了毛病。但他终于把表修好，于是再次给予它一次效力的机会。

这回表的走动好了，只是每当走到十点差十分的时候，它的两个表针却突然重叠起来，仿佛一双合并的剪刀那样，而且从这时起，两个针便紧贴一处，同时走动。这样哪怕世上年纪最大的人见了也会弄不清一天的时间早晚。于是我只好再修。修理的又指出是表的玻璃蒙子塌陷所引起的，再有，大发条也翘了。另外还讲，部分零件要换底⑤。

这样，一切又都修理就绪。从此我的这个计时仪器倒也在各方面表现得并无特别异常之处；只是当它平安无事地一连气工作上七八个小时之后，它里边的每个零件都会猛地全部放松，放出蜜蜂般的嗡嗡嘤嘤之声，顿时表上的几个走针也都一齐飞转起来，而且转得那么疾速，它们的个性全部消失，谁也辨不清哪是哪个，仿佛是一面纤细蛛网密密地张在表上。这样不消六七分钟工夫，它已经像是放脱了轴线似的把未来的二十四个小时全部给放光，然后砰的一声，停在那里。我怀着异常沉重的心情，再次去找钟表匠，而且这次拆的时候，两眼一定得紧盯不放。我还准备将他着实地盘问一番，因为事情已发展到了严重的地步。这只表当初买时所费不过二百余元，但是修它的费用早已高达两三千元。就在我等他和看他修的时候，我突然认出这钟表匠原来是个熟人——早先曾在一个汽船上当过司机，当然也绝不是什么高明司机。正像其他钟表匠那样，他也是照例先行检查一番，然后便以那同样自信的口气对它的病况做出如下判断。

他道——“主要是冒气太多⑥——你该把这活动板头挂到安全阀上去放放气！”

听到这话，我恨不得当场将他击毙，然后自己出钱埋了他。

我的一位名叫威廉的长辈（可惜如今早已下世！）便常常讲，一匹好马，只要从来没偷跑过，就总是一匹好马；一只好表，只要匠人没得机会拨弄过它，就总是一只好表。另外他还经常纳闷，世上的一些糟糕工匠，不论补锅的、造枪的、制鞋的、打铁的、还是当司机的，最后他们都混得这样糟糕，只可惜从来没人能告诉他。

---

注释

① 指放大镜，幽默说法。

② 债务到期，一般至多可再拖欠三日。

③ 这里显然要说修表的人在说外行话，因为他把医学上的名词用在修表上面。

④ 这里将机车上的术语按到表上，也是为了说明修表人纯属外行。

⑤ 意在修表人是鞋匠出身，他修表就如同鞋匠换底。

⑥ 修表人把汽船上的名词用在修表上，显然也是个十足外行。

# 卡拉维拉斯县驰名的跳蛙

一个朋友从东部来了信，我遵他的命去拜访了好脾气、爱絮叨的西蒙·威勒，打听我朋友的朋友列昂尼达斯·W·斯迈雷的下落。这件受人之托的事究竟结果如何，我来做个交代。事后我心里嘀咕，这位列昂尼达斯·W·斯迈雷是瞎编出来的，我朋友根本就不认识此人。他准是琢磨着：只要我向老威勒一打听，就会让他联想起那个厚脸皮的吉姆·斯迈雷来，赶快打开话匣子把那些又臭又长、和我毫不相干的陈年旧事抖搂出来，把我烦死。要是我朋友存心这么干，那他真是做对了。

我见到西蒙·威勒的时候，他正在破破烂烂的矿山屯子安吉尔的那座歪歪斜斜的酒馆里，靠着吧台旁边的炉子舒舒服服地打盹。我注意到他是个胖子，秃脑门，一脸安详，透着和气、朴实。他站起身来问了声好。我告诉他，朋友托我来打听一位儿时的密友，这人叫列昂尼达斯·W·斯迈雷——也就是列昂尼达斯·W·斯迈雷神父，听说这位年轻的福音传教士曾在安吉尔屯子里住过。我又加了一句，要是威勒先生能告诉我这位列昂尼达斯·W·斯迈雷神父的消息，我将感激不尽。

西蒙·威勒把我逼到墙角，拿自己的椅子封住我的去路，然后讲了一通下面段落里那些枯燥无味的事情。他脸上不露一丝笑意，眉头一皱不皱，从第一句起，他用的就是四平八稳的腔调，没有变过。他绝不是生性就爱唠叨；因为他收不住的话头里透着认认真真、诚心诚意的感人情绪。这是明明白白地告诉我，按他的想法，别管这故事本身是不是荒唐可笑，他可是把讲故事当成一件要紧事来办，而且对故事里的两位主人公推崇备至，认为他们智谋超群。我听凭他按照自己的路子讲下去，一直没有打断过。

他说，列昂尼达斯神父，嗯，列神父——嗯，这里从前倒是有过一个叫吉姆·斯迈雷的，那是四九年冬天——也许是五〇年春天——不知道怎么闹的，我记不太清楚了，总归不是四九年就是五〇年，因为他刚来到屯子的时候，那大渡槽还没造好呢；别的不说，要比谁最古怪，他算得上天下第一。只要能找到一个人愿打赌，他就赔，碰上什么就赌什么。别人要是不愿赌黑，他就赌黑；别人不愿赌白，他就赌白。不管怎么样，别人想怎么赌，他都陪着——不管怎么样，只要能赌得起来，他就舒服了。虽说这样，他照样有好运气，那可不是一般的好，十有八九总是他赢。他老惦记找机会打赌；无论大事小事，只要有人提出来，不管你的注往哪一边下，他都照赌不误，这些我刚才都告诉过你啦。赛的要是马，收场的时候他不是赢得满满当当，就是输得一干二净；如果斗的是狗，他赌；斗的是猫，他赌；斗的是鸡，他还赌；嘿，就算有两只鸟落在篱笆上，他也要跟你赌哪一只先飞。屯子里聚会他必到，到了就拿沃尔克牧师打赌。他打赌说，沃尔克牧师布道在这一带是头一份；那还用说，他本来就是个好人么。要是他看见一只屎壳螂朝哪里开步走，他就跟你赌它几天才能到——不论到哪儿都行；只要你接茬，哪怕是去墨西哥，他也会跟着那只屎壳螂，看看它到底去不去那儿，路上得花几天的时间。这儿的小伙子好多都见过斯迈雷，都能给你讲讲这个人。嘿，讲起他的事来可是绝对重不了样——他不论什么都赌——那家伙特有意思。有一回，沃尔克牧师的太太病得不轻，有好几天的工夫，眼看着她就没救了；可一天早晨牧师进来了，斯迈雷站起来问他太太怎么样，他说，她好多了——全凭主的大恩大德——看这势头，有主保佑，她能缓过来；还没等他讲完，斯迈雷来了一句："这样吧，我押两块五，赌她缓不过来。"

这个斯迈雷有一匹母马——小伙子们都管它叫"一刻钟老太太"，这话损了点儿，它跑得当然比这快一点儿——他还经常靠这匹马赢钱呢。因为它慢慢吞吞的，不是得气喘，生瘟热，就是有痨病，以及这一类乱七八糟的病。他们总是让它先跑两三百码，可等到了终点跟前，它就抖起精神，拼了老命，撒欢尥蹶子；四只蹄子到处乱甩，甩空了的也有，甩偏了踢到篱笆上的也有，弄得尘土飞扬，再加上咳嗽、打喷嚏、擤鼻涕，闹闹哄哄——赶到裁判席前头的时候，它总是比别的马早一个头，早得刚好让人能看明白。

他还有一只小斗狗，光看外表你准以为它一钱不值，就配在那儿拴着，一副贼溜溜的样子，老想偷点什么。可是，一旦在它身上下了注，它转眼就变了一条狗；它的下巴颏往前伸着，就像火轮船的前甲板，下槽牙都露了出来，像煤火一样放光。别的狗抓它、耍弄它、咬它，接二连三地给它来“背口袋”。可安得鲁·杰克逊——这是那条狗的名字——安得鲁·杰克逊老是装着没什么不自在的，好像它原本就没有别的盼头——押在另一边的赌注翻了倍再翻倍，一直到再没钱往上押了；这时候，它就一口咬住另一条狗的后腿，咬得死死的——不啃，你明白吗，光咬，叼着不动，直到那狗服软，哪怕等上一年也不要紧。斯迈雷老是靠这条狗赢钱，直到在一条没后腿的狗身上碰了钉子，因为那狗的后腿让锯片给锯掉了。那一次，两条狗斗了好一阵子，两边的钱都押完了，安得鲁·杰克逊上去照着咬惯了的地方下嘴的时候，当时就看出自个儿上当了，看出它怎么让别的狗给涮了。怎么说呢，它当时好像是吃了一惊，跟着就有点儿没精打采，再也没有试着把那一场赢下来；他让人骗惨了。它朝斯迈雷瞧了一眼，好像是说它伤透了心，这都是斯迈雷的错，怎么弄了一条没有后腿的狗来让它咬呢，它斗狗本来靠的就是咬后腿嘛。后来，它一瘸一拐地溜达到旁边，倒在地上就死了。那可是条好狗，那个安得鲁·杰克逊要是活着，准出了名了，胚子好，又聪明——我敢担保安得鲁·杰克逊有真本事；他什么场面没经过啊、一想起它最后斗的那一场，一想起它的下场来，我鼻子就发酸。

唉，这个斯迈雷呀，他还养过拿耗子的狗、小公鸡、公猫，都是这一类的玩意儿，不论你拿什么去找他赌，他都能跟你兵对兵，将对将，让你赌个没完没了。有一天，他逮着一只蛤蟆带回家去，说是要好好训一训。足足有三个月，他什么事都不干，光呆在后院里头教那只蛤蟆蹦高。果不其然，他把蛤蟆训出来了。只要他从后头点蛤蟆一下，你就看吧，那蛤蟆像翻煎饼一样在空中打个转——兴许翻一个筋斗。要是起得好，也许

能翻两个，然后稳稳当当地爪朝下落地，就像一只猫。他还训那蛤蟆逮苍蝇，勤学苦练，练得那蛤蟆不论苍蝇飞出去多远，只要瞧得见，回回都能逮得着。斯迈雷说蛤蟆特爱学习，学什么会什么——这话我信。嘿，我就瞧见过他把丹尼尔·韦伯斯特放在这儿的地板上——那蛤蟆叫丹尼尔·韦伯斯特——大喊一声："苍蝇，丹尼尔，苍蝇！"快得让你来不及眨眼，蛤蟆就噌噌地照直跳起来，把那边柜台上的一只苍蝇吞下去了，然后像一摊泥"扑嗒"落在地上，拿后腿抓耳挠腮，没事人似的，好像觉得自个儿比别的蛤蟆也强不到哪儿去。别看它有能耐，你还真找不着比它更朴实，更爽快的蛤蟆了。只要是从平地上规规矩矩地往上跳，它比你见过的所有蛤蟆都跳得高一个身子。从平地往上跳是它的拿手好戏，你明白吗？只要比这一项，斯迈雷就一路把注押上去。斯迈雷把他的蛤蟆看成宝贝；要说也是，那些见多识广的老江湖都说，从来也没见过这么棒的蛤蟆。

斯迈雷拿一个小笼子盛着那蛤蟆，时不时地带着它逛大街，设赌局。有一天，一个汉子——他是个外乡人——到屯子里来，正碰上斯迈雷提着蛤蟆笼子，就问：

"你那笼子里头装的是什么呀？"

斯迈雷冷着个脸说："它也许该是个鹦鹉，也许呢，该是只雀儿；可它偏不是——它是一只蛤蟆。"

那汉子拿过笼子，转过来转过去，细细地瞅，说："嗯——原来是个蛤蟆，它有什么特别的呀？"

"噢，"斯迈雷不紧不慢地说，"它就有一件看家的本事，要叫我说——它比这卡县地界里的哪一只蛤蟆蹦得都高。"

那汉子拿过笼子，又仔仔细细地看了好半天，才还给斯迈雷，慢慢吞吞地说："是嘛，"他说，"我也没瞧出来这蛤蟆比别的蛤蟆能好到哪儿去。"

"你也许瞧不出来，"斯迈雷说，"对蛤蟆，你兴许是内行，也兴许是外行；兴许是个老把式，也兴许不是；这么说吧，兴许只会看个热闹。别管你怎么看，我心里有数，我赌四十块钱，敢说这蛤蟆比卡县随便哪一只蛤蟆都蹦得高。"

那汉子琢磨了一会儿，有点儿作难："呃，这儿我人生地不熟的，也没带着蛤蟆；要是我有一只蛤蟆，准跟你赌。"

这时候斯迈雷说话了："好办——好办——只要你替我把这笼子拿一小会儿，我就去给你逮一只来。"就这样，那汉子拿着笼子，把他的四十块钱和斯迈雷的四十块钱放在一起，坐下等着了。

这汉子坐在那儿想来想去，想了好一会儿，然后从笼子里头把蛤蟆拿出来，扒开它的嘴，自己掏出一把小勺来，给蛤蟆灌了一肚子火枪的铁砂子——一直灌到齐了蛤蟆的下巴颏——然后把蛤蟆放到地上。斯迈雷呢，他上洼地的烂泥里头稀里哗啦趟了一气，到底逮住个蛤蟆。他把蛤蟆抓回来，交给那汉子说：

"行了，你要是准备好了，就把它跟丹尼尔并排摆着，把他的前爪跟丹尼尔的放齐了，我喊个号。"然后他就喊："一——二——三——蹦！"他和那汉子从后边点那两只蛤蟆，那只新来的蛤蟆蹦得特有劲，可是丹尼尔喘了一口粗气，光耸肩膀——就这样——像法国人似的。这哪管事儿啊；它动不了，跟生了根一样，连挪挪地方都办不到，就像抛了锚。斯迈雷又纳闷，又上火；当然啦，说什么他也想不通这到底是怎么一档子事。

那汉子拿起钱就走；临出门了，他还拿大拇指在肩膀上头指指丹尼尔——就像这样——慢慢吞吞地说："我也没瞧出来这蛤蟆比别的蛤蟆好到哪儿去嘛。"

斯迈雷呢，他站在那儿抓耳挠腮，低着头把丹尼尔端详了好一会儿，最后说，真闹不明白这蛤蟆怎么栽了——闹不明白它犯了什么毛病——看起来，它肚子胀得不轻。他揪着丹尼尔脖子上的皮，把蛤蟆掂起来说，它要没五磅重才怪呢！蛤蟆头朝下，喷出满满两大把铁砂子来。这时候斯迈雷才明白过来，他气得发疯，放下蛤蟆就去追那汉子，可再也追不上了。

（这时候，西蒙·威勒听见前院有人喊他的名字，就站起来去看找他有什么事。）他一边往外走，一边扭头对我说："就在这儿坐着，老客，歇会儿——我一转眼就回来。"

不过，对不住了您呐，我想，再往下听牛皮糖吉姆·斯迈雷的故事，也打听不到列昂尼达斯·W·斯迈雷神父的消息呀，于是我拔腿就走。

在门口，我碰上了那个见面熟的威勒回来了，他拽着我又打开了话匣子：

"哎，这个斯迈雷有一头独眼龙母黄牛，尾巴没了，光剩个尾巴橛子，像一根香蕉，还有……"

可我既没功夫，也没这个嗜好；还没等他开讲那头惨兮兮的母牛，我就走了。

# 神秘的访问

我最近在这里“定居”后，首次注意到我的是一位自称为“估税员”，在美国“国内税收局”工作的先生。我说，我虽然以前没听过他所干的这一行，但仍然十分高兴会见他——他是不是可以请坐呢？他就了座，我不知道该和他谈什么是好。然而我意识到，既然自己已经成家立业，有了身价，那么在接待来宾时就必须显得和蔼可亲，就必须善于交谈。于是，由于一时没有其他的话可以扯，我就问他可是在我们附近开店的。

他回说是的。我不愿显得一无所知，但是我指望他会提到他出售什么货物。

我试探着问：“买卖怎么样呀？”他说：“马马虎虎。”

接着我说，我们会上他那儿去的；如果也同样地喜欢他那家店，我们会成为他的主顾的。

他说，他相信我们会十分喜欢那个地方，以后会专门去那儿——还说，只要谁跟他打过一次交道，他从来没见过那个人会抛弃了他，另去找一个干他那一行的。

这话听来颇近自诩，然而，除了显出我们每人都具有的那种自然流露的鄙俗而外，这人看上去还是很诚实的。

也不知道究竟是怎么一回事，反正我们俩似乎逐渐变得融洽，谈得投契。此后一切都那样很惬人意地、自然而然地发展下去。

我们谈呀，谈呀（至少在我这一方面是如此）；我们笑呀，笑呀（至少在他那一方面是如此）。然而我始终保持着冷静——我那天生的警惕性，就像工程师所说的那样被提到“最高度”。不管他怎样含浑其词地答话，我总下定决心要彻底打听清楚他所干的行业——我下定决心要引着他把自己的行业说出来，但同时又不要让他怀疑我的用意何在。我准备施展极其巧妙的诡计，务必要引他入彀。我要把自己所做的事全部告诉他，那样他就自然而然会被我推心置腹的谈话所诱惑，自然而然会对我亲热，甚至会情不自禁，在不曾猜疑到我的意图之前就把他自己的事全部告诉了我。我心里想，我的儿呀，你再没想到，你是在跟一个什么样的老狐狸打交道啊。我说：

“瞧，您再也猜不到，这一个冬天和上一个春天我单凭演讲就挣了多少。”

“猜不到……我真的猜不到。让我再想一想……让我再想一想。也许，大约是两千元吧？不会的；先生，那不会，我相信您不可能挣那么多。也许，大约是一千七百元吧？”

“哈哈！我就知道您猜不到嘛，上一个春天和这一个冬天，我演讲的收入是一万四千七百五十元。您以为这个数目还可以吗？”

“啊呀，这是个惊人的数目呀……绝对惊人的数目。我得把它记下了。您是说，甚至这还不是您全部的收入吗？”

“全部的收入！咳，我说您哪，此外还有四个月以来我从《每日呐喊》获得的收入……大约是……大约是……嗯，大约是八千元左右吧，我说，您觉得这个数目怎么样？”

“嗳呀！怎么样？老实说，真希望我也能过上这样阔气的生活。八千元！我要给它记下了。啊呀，我的先生！……除此以外，您意思是不是说，还有更多的收入？”

“哈！哈！哈！哎呀，您这真所谓是‘只沾了个边儿’。此外还有我的书呢，《老实人在国外》……每本售价三元五角起到五元，根据不同的装订而定。您再听我说下去呀。您不用害怕呀。单是过去的四个半月里，不包括以前的销数在内，单是那四个半月里，那部书就卖了九万五千本。九万五千本哪！您倒想想。平均每本就算它四元吧。总数几乎达到四十万元，我的朋友。我应当拿到它的半数。”

“受苦受难的摩西[1]！让我把这一笔也给记下了。一万四千七百五十……八千……二十万。总数吗，我瞧……哎呀，真真想不到，总数大约是二十一万三四千元哪！那真的可能吗？”

“可能！如果是算错，那只会是少算了。二十一万四千元现钞，那就是我今年的收入，如果我知道怎样计算的话。”

这时候那位先生站起身来告辞。我心里很不痛快，因为想到我也许该向一个陌生人公开了自己的收入，而且，由于听到他的惊叹时感到得意，还大大地提高了那些数字。可是，那位先生不立即就走，他在最后关头递给我一只大信封，说那里面有他的广告。说我可以在那里面找到一切有关他的业务的细节。说他很欢迎我去光顾——说他有了我这样收入优渥的人做主顾，实在感到骄傲。说他以前常常以为市里也有好几位大财主，可是，等到他们去跟他做交易时，他发现他们所有的那点儿钱只勉强够自己糊口。还说，他确实耐着沉闷等候了这么多年，才能面对面看见我这样一位大阔佬，而且能和我交谈，并用手接触了我，终于情不自禁，想要拥抱我——说真的，如果我肯让他拥抱的话，他认为那对他将是一件极大的光荣。

这一席话说得我心里乐滋滋的，所以我也就不再推拒，尽让这位心地纯洁的陌生人张开双臂抱住我，还在我后颈窝里洒了几滴起镇静作用的眼泪。然后，他去了。

他刚走，我就展开了他的广告。我仔细地研究了它四分钟。紧接着我就唤厨子来，说：

“扶好了我，我这就要晕过去了！让玛丽去翻那烤饼吧。”

停了一会儿，我清醒过来，就派人到路拐角的小酒店里去，雇来了一位行家，为期一个星期，要他整夜守护着我，同时咒骂那个陌生人。白天里，偶尔我咒骂得乏了，就由他接替。

哼，瞧他这个坏蛋！他的那份“广告”，只不过是一份该死的报税表格——上面是一连串没头没脑的问题，问的都是有关我的私事，很小的字体足足占了四大张纸——那些问题，这里我不妨指出，实在提得非常巧妙，哪怕是那些世故最老练的人也没法理解它们究竟用意何在——再说，那些问题都经过了精心的构思，其目的是要使一个人报税时非但没法弄虚作假，反而会将自己的实际收入多报上三倍。我试图寻觅一个可钻的空子，然而看来竟然没有一个可以让我钻的。第一个问题绰绰有余及包罗了我的全部经济情况，有如一把伞笼罩了一个小小蚁垤：

过去一年里，你在任何地方所从事的任何交易、业务或职业中共赚了多少钱？

这问题下面附了另十三道同样刁钻的小题，其中措辞最委婉的一题是要我呈报：过去我可曾由于黑夜偷盗，或者拦路抢人，或者纵火打劫，或者从事其他不可告人的勾当，借此营私渔利，购置产业等。

这分明是那个陌生人故意要让我上当受骗。这是非常非常明显的事。于是我跑出去，聘请了另一位行家。原来由于陌生人挑动了我的虚荣心，所以我才会把自己的收入申报为二十一万四千元。按照法律规定，这笔收人中只有一千元可以免缴所得税的——这是唯一能够使我感到安慰的，但这一点钱有如大海中的涓滴而已。按规定百分抽五的办法，我必须上缴给政府的所得税竟高达一万零六百五十元！

〔这里我不妨交代一句，到后来我并没有缴纳这笔税款。〕

我认识一个非常阔气的朋友，他的住宅好像是一座皇宫，他坐在饭桌上好像是一位皇帝在进膳。他的用费十分浩繁，然而，他却是一个没有分文收入的人，因为我常常在他的报税表格上注意到了这一点。于是，在窘急无奈的情况下，我就去向他求教。他接过了我那些琳琅满目的、为数惊人的收入凭证，他戴上眼镜，他提起了笔，接着，一霎眼工夫！——我已经变成了一个穷光蛋！这件事他做得十分干净利落。他只是巧妙地伪造了一份“应予扣除数”的清单。他将我缴给“州政府、中央政府和市政府的税”登记为若干；将我“由于沉船、失火等受到的损失”登记为若干；此处是我在“变卖房地产时所受的损失”，我在“出售牲口”时所受的损失，“支付住宅及其周围土地的租费”，“支付修理费、装修费和到期的利息”，“以前在美国陆军、海军与税务机关任职时从薪金中扣除的税款”，以及其他等等。他对所有以上的情况，就每一个列举的项目，都登记了为数惊人的“应予扣除数”。他登记完毕，再把那张清单交给我，这时候我一展眼看到，就在这一年里，我作为纯利的收入已一变而为一千二百五十元四角。

“这一来，”他说，“按照法律规定，一千元是属于免税的。你只需要去宣一次誓，证明这份清单属实，然后给其余的二百五十元付了税就完啦。”

〔他说这席话的时候，他的小儿子威利从他坎肩口袋里摸出一张二元美钞，拿着钱一溜烟跑了；这里我敢打赌，如果我那位陌生客人明天来访问这个小家伙，他准会谎报他应纳的所得税。〕

“您是不是，”我说，“您本人是不是也这样填报‘应予扣除数’呀，先生？”

“这个，我应当说是的！要不亏了‘应予扣除数’项下那十一条救命的附加条款。那我每年就是当乞丐，讨了钱去供奉这个该死的、可恨的，这个敲诈勒索、独断独行的政府啦。”

在本市几位最有实力的人士当中，在那几位品德高尚、操行清白、商业信誉卓著的人士当中，就数这位先生的地位最高。于是我敬受奉行他所指示的范例。我去到税务局办事处，在上次来访的先生的谴责的眼光下站起身来，一再地撒谎，一再地蒙混，一再地要f无赖，直到后来我的灵魂深深地陷入了伪证罪之中；我的自尊心从此消失得一干二净。

然而，这又算得了什么？这正是美国无数最富有的、最自豪的，而且最体面的、最受人尊重、最被人奉承的人每年都在玩弄的把戏。所以，对这些我满不在乎。我毫不羞愧。今后我只要少开口乱说，别轻易玩火，否则我免不了会养成某些可怕的习惯。

---

注释

① 《圣经》中领导以色列人逃出埃及，并为之立法的希伯来先知。这里用作惊叹语。

# 坏孩子的故事

从前有个坏孩子，名叫吉姆——不过，如果你稍加留意，便可发现，在你的主日学校课本里，几乎所有的坏孩子都叫詹姆斯。虽说奇怪，而事实如此，这一位就叫吉姆。

吉姆也没有一位生病的母亲——也就是他没有一位笃信上帝、身患肺病，倘若不是爱子情深、唯恐自己一死儿子遭人冷落，而宁愿躺进坟墓安息的母亲。然而，主日学校课本里的坏孩子大都叫詹姆斯，并且都有一位生病的母亲。她们都教自己的儿子学说“我要躺下睡觉”等等，都用温柔凄婉的歌声哄孩子入睡，与他们吻别，然后跪在床边流泪。可是，这个小家伙情况不同。他名叫吉姆，他的母亲安然无恙——没生肺病，也没有别的毛病。她不但不虚弱，而且挺健壮，也不敬重上帝；此外，她对吉姆毫无疼爱之情。她常说，即便吉姆折断脖子，对她也没有多大的损害。她总是用打屁股的办法催吉姆睡觉，从来不与他吻别；相反，她要离家的时候，还要赏他几个耳光。

一次，这个吉姆偷出厨房的钥匙，悄悄地溜进厨房，偷吃了果酱，随后又把果酱瓶子装满焦油沥青，好让他母亲看不出破绽。吉姆并没有顿生恐惧，也不觉得仿佛有什么声音悄然对他说，“不听妈妈的话对吗？这么做不是罪过吗？坏孩子们偷吞了自己善良母亲的果酱之后有什么报应呢？”吉姆也没有独自跪倒在地，保证今后不再作恶，然后轻松愉快地站起身来，对母亲告以实情，请求宽恕。而母亲则是泪流满面，满怀欣慰感激之情向他祝福。不。这是课本中其他坏孩子的情况；至于吉姆，完全是另一码事，你说怪不！吉姆偷吃了果酱，还粗俗下流地说真棒；他把焦油沥青装进果酱瓶，也说真棒，还哈哈大笑，说那老太婆发现之后，必定会气得暴跳如雷，哼哼呀呀地说不出话来；后来母亲果然发现了，但他矢口否认，硬说不知道，结果挨了一顿臭揍，泪流满面的竟是他自己。吉姆什么事都干得稀奇，与课本上的詹姆斯们迥然不同。

有一次，他爬到农场主阿科恩的苹果树上偷苹果。可是，树枝没有折断，他既没从树上跌下来摔断胳臂，也没有被农场主的大狗咬伤，尔后也没有卧床数周，闭门思过，从此变好。总之，绝没有那回事；吉姆偷够了苹果之后，安然爬下树来；对那条大狗，也早有准备，那条狗一扑过来，他一砖头扔过去，正好击中了它。说也奇怪——这类事情那些文雅的小书里从未写过，那些小书封面上都印着大理石花纹，里面画着一些身穿燕尾服和短腿的马裤、头戴响铃礼帽的男人和腋下夹着无裙环衣裳的女人。吉姆遇到的这种情况，任何一部主日学校的课本都没写过。

有一次，吉姆偷了老师的铅笔刀，但又害怕老师发现了会受到惩罚，于是便把小刀偷偷地塞进乔治·威尔逊的帽子里——乔治是可怜的威尔逊寡妇的儿子。他的品行端正，被公认为村上的好孩子。乔治对母亲的教诲从不违拗，一向诚实，而且勤敏好学，他对主日学校尤为崇信。可是，后来那把小刀竟从帽子里掉了出来，可怜的乔治耷拉着脑袋，羞得无地自容，好像真的自认有罪。而那位伤心的老师认定小刀是他偷的。当老师举起细软的鞭子，准备抽打他那发抖的双肩时，那位纯属杜撰的白发地方治安官并没有突然出现，更没有神气十足地说道："饶恕这位品德高尚的孩子吧——罪犯正站在那儿发抖呢！休息时间，我正好从校门口路过。虽然没人看到我，而我却看到了偷窃的人！"因此乔治没有挨打，那位可敬的地方治安官也没有给感激涕零的向师生们布道，然后牵着乔治的手，说他这样的孩子值得称赞，领走乔治跟他同住，让他打扫办公室，生火，跑差，劈柴，学法律，帮他料理家务。工余时间让乔治尽情玩耍，每月领取四角钱的报酬，自行其乐。不；书上会这样写的，但吉姆遇到的却不是这样。那个老不死的法官没有插进来制造麻烦，结果，模范孩子乔治挨了一顿臭揍。吉姆高兴得手舞足蹈，因为，你知道，吉姆恨透了那些模范孩子。吉姆说，他"最瞧不起这些娘娘腔。"这就是那个没教养的坏孩子吉姆所使用的粗俗语言。

但是，发生在吉姆身上奇而又奇的一桩事是：他在一个礼拜天去划船，并没有被淹死①。又一个礼拜天他去钓鱼，虽然遇上了暴风雨，却没有遭雷击。嗨，您不妨翻查主日学校的全部图书，从头至尾，反复阅读，直至下一个圣诞节，您也绝不会发现这种事情。啊，绝对不会；相反，您会发现，所有在礼拜天划船的坏孩子没有一个不淹死的，所有在礼拜

天钓鱼又遇上暴风雨的坏孩子都遭雷击。礼拜天载有坏孩子的船只总是翻底，安息日坏孩子去钓鱼定有暴风雨。吉姆为什么总是能避开这些灾难，我也说不清个中的缘由。

吉姆的活动有符咒庇佑——准是有符咒庇佑。任何事儿都伤害不着他。他游动物园时甚至把一捆烟叶塞给大象，那大象也没有甩开长鼻敲碎他的脑壳。他翻遍食厨，却从来没有把硝酸错当成薄荷饮料喝进肚里。在安息日，他偷了父亲的枪出去打猎，也没有崩掉三四个指头。他一时气急，揍在小妹的太阳穴上，小妹也没有头痛不止，过夏就死，临终留下宽恕温柔的话语，令他破碎的心灵倍感痛苦。不；她居然复原了。最后，吉姆终于离家出走，浪迹海洋。但是，当他回来的时候并没有感到景况凄凉、孤苦无助，也没见他亲人长眠于安静的教堂墓地，那座他童年时期墙上爬满青藤的房屋也没有倒塌。啊，不；他跟个浪人似的，喝得酩酊大醉，没进家门就进了警察局。

吉姆成年之后结婚成家，后来又有了许多儿女。一天晚上，他突然抡起板斧砸碎了全家人的脑袋。吉姆采用各种流氓手段，欺诈坑骗而发了大财。现在他横行乡里，成了心毒手狠的坏蛋，然而却受人敬重，选入议会。

诸位请看，主日学校的课本中可从来没有哪一个坏詹姆斯，能像这位有符咒庇佑、无法无天的吉姆这样走运，这样称心如意的。

---

注释

① 指星期日应该去教堂做礼拜。

# 我最近辞职的经过

我辞职不干了。政府的工作好像照常运行。但不管怎么说，它的车轮上少了我这根辐条。我原来是参议院贝类委员会的文书，现在已经放弃了这份差事。我看得出来，政府其他人员的表情也很清楚：他们就是不让我参与商议国家大事，所以，我没法子只当官差而不丢面子。我在政府任职六天，如果我把这六天当中遇到的所有气人的事情一件件、一桩桩，详详细细地说出来，我可以写上一本书。他们指定我当贝类委员会的文书，却不许我同抄写员打台球。不打球虽说冷清一些，倒还可以容忍，只要内阁其他成员给我合乎我身份的待遇。可是，他们没有一个待我客气过。我一发现某个部门的头头推行一条错误路线，我就放下手里的工作，跑去纠正他，我把这种事看成我的职责。可他们没有一回谢过我。我怀着世界上最良好的愿望去见海军部长，对他说：

“先生。我看法拉库特海军上将在欧洲啥也没干，闲闲散散，像是在郊游野餐。这个嘛，也许蛮不错，不过我不是这么看。他要是没有仗可打，还是让他回国吧。一个人带领整支舰队去旅游，没有什么好处。太浪费了。你注意，我不反对海军军官旅游——合情合理的旅游——厉行节约的旅游。现在，他们还不如沿密西西比河去放木排——”

你该听听他当时发多大的脾气！你还以为我犯了什么罪似的。可是我不在乎。我说我这个办法不花钱，既富于共和国的简朴精神，又万无一失。我说，你想安安静静地旅游，乘木排比乘什么都强。

这时候，海军部长问我是什么人，我说我在政府供职。他问我是管什么的，我心想同一个政府里工作的人居然提出这样的问题，真叫人莫名其妙，但我没有说出口来，只告诉他，我是参议院贝类委员会的文书。你猜他发多大的脾气！他命令我滚出他这个地方，以后只许管我分内的事情。我头一个冲动是想撤他的职。不过，这不光是他一个人的问题，还涉及到其他人，而我又捞不到什么好处，所以才没有撤他。

接着我去找作战部部长。他压根儿不想见我，后来他知道我也在政府任职。我呢，如果没有什么要紧的事儿，我想我才不会去找他。我先问他借个火（他当时正抽着烟），接着我对他说，他维护假释李将军[①]及其战友们的条款，我没有什么意见，但是我不赞成他对付平原上印第安人的作战方式。我说他兵力过于分散。他应该吸住更多的印第安人——选一个有利的地形把他们集中在一起，双方都有足够的供应，然后来个大屠杀。我说，对于印第安人来说，大屠杀最使他们心服。如果他不赞成大屠杀，我说第二个绝招是使用肥皂[②]和教育。肥皂和教育的效果不如大屠杀迅速，但是从长远考虑，更能致他们于死命。因为杀了一半，还剩一半，印第安人还能复原。可是如果你给他们上学，叫他们洗澡，结果他们迟早要完蛋。这个办法慢慢毁损他的体格，击中他生命基础的要害。我说："先生，是时候了，必须残酷镇压。对破坏平原的印第安人，用肥皂和拼音本加以严惩，让他们去死吧！"

作战部部长问我是不是内阁成员，我说我是内阁成员。他又问担任什么职务，我说我是参议院贝类委员会的文书。于是他下令以藐视法庭罪将我逮捕，限制了我一天的自由。

打那以后，我真想不再吭声，随政府去，它爱怎么着就怎么着。可是使命在身，我不得不听从它的召唤。我访问了财政部长。他问我：

“您要点儿什么？”

这个问题我倒是没有防备。我说，“甜酒。”

他说：“你有什么事情到这里来，先生，你就说，越简短越好。”

我说，他话题转得这么突然，我感到遗憾，这种做法令我反感。不过，在同前情况下，我不计较这件事，谈正事要紧。我接着恳切地告诫他，他作的报告长得出奇。我说作这么长的报告是浪费时间，没有必要，而且结构别扭。其中没有描写，没有诗，没有感情——没有主人公，没有情节，没有插图——连一幅木刻都没有。没有人会读这种报告，这是明摆着的事。我奉劝他不要因为写这样的报告而坏了自己的名声。如果他想在文学方面搞出点名堂来，他写的时候一定得多搞点花样。枯燥的细节绝对不能往上写。我说日历片之所以受大众欢迎，就是因为它上面有诗句，有谜语。他的财政报告要是处处插进一点谜语，销路一定更好，比他写进报告里去的国内税收项目来劲得多。我谈这些问题的时候态度十分诚恳，可是财政部长大发雷霆，他居然说我是一头蠢驴。他存心报复，咒骂了我一通，还说如果我再敢来干涉他的工作，他就把我从窗户里扔出去。我说，既然我得不到与我官差身份相称的待遇，我就取帽告辞。我这就走了。这号人活像新冒出来的作家。他们的处女作快发表了，就自以为比谁都强。你甭想对他们提什么建议。

我在政府任职期间，好像我凡是履行职责的时候，总是碰一鼻子灰。然而我做的事，我打算做的事，用意都是为我们国家好。我受了冤屈，痛苦万分，没准会逼得我得出不公正的、有害的结论。但是在我看来，海军部长、作战部部长、财政部长和我其他同僚准是一开始就想把我撵出政府。我在政府供职那会儿只参加过一次内阁会议，那一次就够我受得了。白宫看门的那位公仆好像不情愿为我放行，后来我问他内阁其他成员都到了没有。他说都到了，我这才走了进去。他们都在场，但是没有一个人请我坐下。他们两只眼瞪着我，好像我是外星人似的。总统说：

“先生，您是什么人？”

我把我名片递给他，他念道：“参议院贝类委员会文书马克·吐温”。接着他把我从头看到脚，好像从来没有听说过我这个人。财政部长说：

“就是这头捣乱的蠢驴跑来对我说，要我在报告里写诗句、出谜语，把财政报告当成日历片。”

作战部部长说：“就是这个人做白日梦，他昨天跑来给我出主意，叫我用教育的办法把一部分印第安人教死，其余的印第安人统统杀光。”

海军部长说：“我认识这个年轻人，就是他这个星期再三干扰我的工作。他担心法拉库特上将率领整支舰队是在旅游，用他的话说，是在旅游。他发神经病，建议海军乘木排旅游，荒唐透顶，我没法重复他说过的话。”

我说：“先生们，我看你们都想对我做的每一件公务抹黑；而且我看得出你们都不想让我参与商议国家大事。今天这个会，我什么通知都没有接到。靠一个偶然的机会，我才知道要开内阁会议。可这些事我就不说了。我想知道的是这一点：这是不是开内阁会议？”

总统说是内阁会议。

“那好，”我说，“咱们马上讨论正事，时间宝贵，不能浪费，不要互相揭老底，这不像样子。”

这时候，国务卿开腔了，他用最亲切的口气对我说：“年轻人，你想错了。国会各个委员会的文书不是内阁成员。就好比国会议会厅看门的不是内阁成员一样，你听来好像觉得奇怪。因此，我们虽然在审议国事中很希望能听到你超群的见解，但是根据法律规定，我们不能这样做。审议国内大事，你不能参加；万一有不测的事发生，这是常有的事，你会感到难受，但你用自己的言行竭力制止过，这对你来说也是一个安慰。我祝福你。再会了。”

他这些话说得温和妥帖，我不安的内心得到了安慰；我就离开了会场。但是，国家的公仆不知安宁为何物。我刚回到国会大厦我那间小办公室，拿出议员的派头刚把两只脚跷到桌子上，贝类委员会一位议员气冲冲地闯了进来，对我说：

“你这一整天到哪里去了？”

我说，如果此事与他有关，那么我是去参加内阁会议了。

“内阁会议？我倒想知道，你去参加内阁会议干什么？”

我说我是去出主意的——为论证的需要，我还说此事从各方面讲都同他有关。他当时极为无礼，最后说什么他找了我 3 天，要我抄写一份有关炸弹壳、鸡蛋壳、蚌壳还有什么乱七八糟贝壳的文件，可谁也找不到我。

这太过分了。他这根羽毛一加上去，我这个抄写员的骆驼背就压折了。我说，“先生，你以为我是为六个美元一天在干活吗？你要真是这么以为，那么我建议参议院贝类委员会另请高明。我不是什么党派组织的奴隶！你那些降低我身份的差使，给我收回去吧。不自由，毋宁死！”

从那一刻起，我就不再担任政府工作了。我在那个部门坐冷板凳，受内阁的奚落。最后我想讨好的那个委员会主席还训了我一顿；我蒙受迫害，被迫远离我那既冒风险、又吸引人的伟大的工作，在危急的时刻抛弃了我那正在流血的祖国。

但是，我为国家尽过力，我呈上报销单：

参议院贝类委员会文书博士向美利坚合众国报销：

作战部咨询　50 美元

海军部咨询　50 美元

财政部咨询　50 美元

内阁咨询　免费

往返耶路撒冷旅费[3]，途经埃及，

阿尔及尔、直布罗陀与卡迪斯[4]

行程 14000 英里，每英里按 20 美分计

共 2,800 美元

参议院贝类委员会文书薪金，

每天 6 美元，共 6 天，36 美元

总计　2986 美元

除了文书薪金三十六元这个小数目之外，报销单上各项竟没有一项照付。财政部长逼得我山穷水尽，拿起笔来把我其他各项支出统统划掉，只在边上批了“不准”两字。居然赖账！这国家完蛋了。

我的官场生涯眼看是完了。让那些愿意上钩的文书留下去干吧。据我了解，各部门许多文书根本不知道什么时候开内阁会议。他们对于战争、财政、商业有什么高见，国家领袖从来不去询问，好像他们不是政府里的人，而实际上他们天天在办公室干活！他们知道他们的工作对国家来说多么重要，他们一举一动不自觉地流露出来，你瞧他们在饭店里点菜时候那副神气——但他们是在工作呀。我认识一位文书，他得把从报纸上剪下来的各式各样小纸片贴到剪贴簿里去——有时候一天要贴八张、十张之多。他贴得不怎么样，可是他拿出了最大的本事去贴。这活儿是最累人的。它淘空你的才智。可是他只挣一千八百美元一年。那位年轻人有这么好的头脑，要是愿意干别的行当，他可以攒起好几千好几千美元。可是，他不——他的心向着祖国，只要祖国还剩下一本剪贴簿，他就甘心为祖国去贴。我认识几位文书，他们不知道怎么写，可是他们有多少知识就把多少知识尊敬地奉献在祖国的脚下，累死累活，受苦受难，就为这两千五百美元的年薪。他们写的东西，有时候别的文书不得不重写，可是你已经为国家尽了力，国家还能埋怨你吗？有些文书，找不到文书的活儿，就等啊，等啊，等什么时候有个空缺——耐心地等待一个为祖国效劳的机会——而在他们等的时候，只给他们两千元一年。这可真惨——太惨了，太惨了。如果一位国会议员很有才能又没有工作，无法施展他伟大的抱负，那位议员就会把他交给祖国，安排他在一个部门当文书。那个人就得当一辈子奴隶，为了从不替他考虑、从不同情他的国家的利益而同文件去开仗——就不过为了两三千元一年的薪俸。我要是把几个部门所有文书的情况统统列举出来，说明他们干的是什么活儿，拿的又是多少钱，那么，你会发现文书职位还差一半，就他们干的活儿说，工资也还差一半呢。

注释

① 李将军（1807—1870），南北战争时期南方军队的统帅。

② 肥皂，双关语，另有收买的意思。

③ 准州（指待成立，尚未正式批准的州——译者）代表的旅费都按往返旅程报销，尽管他们一去不复返。我为什么不能这么报，百思不得其解。——原注

④ 西班牙西南部一海港。

## 田纳西的新闻界

孟斐斯《雪崩报》的总编辑对一位把他称为过激派的记者给予这样温和的抨击：——当他还在写头一句话的时候，写到中间，加着标点符号，他就知道他是在捏造一个充满着无耻的作风、冒出造谣的臭气的句子。——《交易报》。

医生告诉我说，南方的气候可以增进我的健康，因此我就到田纳西去，担任了《朝华与约翰生县呼声报》的编辑职务。我去上班的时候，发现主笔先生斜靠着椅背坐在一把三条腿的椅子上，一双脚放在一张松木桌子上。房间里另外还有一

张松木桌子和一把残废的椅子，两者都几乎铺满了报纸和剪报，还有一份一份的原稿。有一只盛着沙子的木箱，里面丢了许多雪茄烟头和“香烟屁股”。还有一只火炉，火炉上有一扇上下开关的搭下来的门。主笔先生穿着一件后面很长的黑布上装和白麻布裤子。他的靴子很小，用黑靴油擦得很亮。他穿着一件有皱褶的衬衫，戴着一只很大的图章戒指，一条旧式的硬领，一条两端下垂的方格子围巾。服装的年代大约是一八四八年。他正在吸着一枝雪茄烟，用心推敲着一个字，他的头发已经被他抓得乱蓬蓬的了。他皱眉瞪眼，样子很可怕，我估计他是在拼凑一篇特别伤脑筋的社论。他叫我把那些交换的报纸大约看一下，写一篇《田纳西各报要闻摘录》，把那些报纸里面所有的有趣的材料通通简缩在这篇文章里。

于是我写了下面这么一篇：

### 田纳西各报要闻摘录

《地震半周刊》的编者们关于巴里哈克铁道的报道显然是弄错了。公司的方针并不是要把巴扎维尔丢在一边。不但如此，他们还认为这个地方是沿线最重要的地点之一，因此决不会有轻视它的意思。《地震》的编辑先生们当然是会乐于予以更正的。

希金斯维尔《响雷与自由呼声》的高明主笔约翰·布洛松先生昨天光临本城。他住在范·布伦旅舍。

我们发现泥泉《晨声报》的同业认为范·维特的当选还不是确定的事实，这是一种错误的看法，但在他没有看到我们的纠正之前，一定会发现了他的错误。他当然是受了不完全的选票揭晓数字的影响而作了这个不正确的推断。

有一个可喜的消息：布雷特维尔城正在设法与纽约的几

位工程师订约，用尼古尔逊铺道材料翻修那些几乎无法通行的街道。《每日呼声》极力鼓吹此事，并对最后成功似有把握。

我把我的稿子交给主笔先生，随他采用、修改、或是撕毁。他看了一眼，脸上就显出不高兴的神气。他再往下一页一页地看，脸色简直变得可怕。显而易见，一定是出了毛病。他随即就一下子跳起来，说道：

“哎呀哈！你以为我提起那些畜生，会用这种口气吗？你以为报纸订户们会看得下这种糟糕的文章吗？把笔给我吧！”

我从来没有见过一支笔像这样恶毒地连划带勾一直往下乱涂，像这样无情地把别人的动词和形容词乱划乱改的样子。他正在进行这项工作的时候，有人从敞开的窗户外面向他放了一枪，把我的一只耳朵打得和另一只不对称了。

“呵，”他说，“那就是斯密士那个混蛋，他是《精神火山报》的——昨天就该来哩。”于是他从腰带里抽出左轮来放了一枪。斯密士被打中了大腿，倒在地下。他正在要放第二枪，可是因为他被主笔先生打中了，自己那一枪就落了空，只打中一个局外人。那就是我。还好，只打掉一只手指。

于是主笔先生又继续进行他的涂改和增删。正当他刚刚改完的时候，有人从火炉的烟筒里丢了一个手榴弹进来，一声爆炸，把火炉炸得粉碎。幸好只有一块乱飞的碎片敲掉我一对牙齿，此外并无其他损害。

“那个火炉完全毁了。”主笔说。

我说我也相信是这样。

“唉，没关系——这种天气用不着它了。我知道这是谁干的事情。我会找到他的。你看，这篇东西应该是这么写才对。”

我把稿子接过来。这篇文章已经删改得体无完肤，假如它有个母亲的话，她也会不认识它了。现在它已经成了下面这样：

**田纳西各报要闻摘录**

《地震半周刊》那些撒谎专家显然又在打算对巴里哈克铁道的消息造一次谣。这条铁道是十九世纪最辉煌的计划，而他们却要散布卑鄙无聊的谎言来欺骗高尚和宽大的读者们。巴札维尔将被丢在一边的说法，根本就是他们自己那些可恶的脑子里产生出来的——或者还不如说是他们认为是脑子的那种肮脏地方产生出来的。他们实在应该挨一顿皮鞭子才行，如果他们要避免人家打痛他们的贱皮贱肉，就应该再挨一顿皮鞭。尔城要用尼古尔逊铺道材料修马路——它更需要一所监狱和一所贫民救济院。一个鸡毛蒜皮的市镇，只有两个小酒店，一个铁匠铺和那狗皮膏药式的报纸《每日呼声》。居然想修起马路来，岂非异想天开！《呼声》的编者卜克纳这下贱的小人正在乱吼一阵，以他那惯用的低能的话极力鼓吹这桩事情，还自以为他是说得很有道理的。

“你看，要这样写才行——既富于刺激性，又中肯。软弱无力的文章叫我看了心里怪不舒服。”

大约在这个时候，有人从窗户外面抛了一块砖头进来，劈里啪拉打得很响，使我背上震动得不轻。于是我移到火线以外——我开始感觉到自己对人家有了妨碍。

主笔说：“那大概是上校吧。我等了他两天了。他马上就会上来的。”

他猜得不错。上校一会儿就到了门口，手里拿着一支左轮枪。

他说："老兄，您可以让我和编这份肮脏报纸的胆小鬼打个交道吗？"

"可以。请坐吧，老兄。当心那把椅子，它缺了一条腿。我想您可以让我和这无赖的撒谎专家布雷特斯开特·德康赛打个交道吧？"

"可以，老兄。我有一笔小小的账要和您算一算。您要是有空的话，我们就开始吧。"

"我在写一篇文章，谈谈'美国道德和智慧发展中令人鼓舞的进步'这个问题，正想赶完，可是这倒不要紧。开始吧。"

两支手枪同时砰砰地打响了。主笔被打掉了一撮头发，上校的子弹在我的大腿上多肉的部分终结了它的旅程。上校的左肩稍微削掉了一点。他们又开枪了。这次他们两人都没有射中目标，可是我却遭了殃，胳臂上中了一枪。放第三枪的时候，两位先生都受了一点轻伤，我被削掉一块颧骨。于是我说，我认为我还是出去散散步为好，因为这是他们私人的事情，我再参与在里面不免有点伤脑筋。但是那两位先生都请求我继续坐在那里，并且极力说我对他们并无妨碍。

然后他们一面再装上子弹，一面谈选举和收成的问题，同时我就着手捆伤口。可是他们马上又开枪了，打得很起劲，每一枪都没有落空——不过我应该说明的是，六枪之中有五枪都光顾了我。另外那一枪打中了上校的要害。他很幽默地说，现在他应该告辞了，因为他还有事情要进城去，于是他就探听了殡仪馆的所在，随即就走了。

主笔转过身来向我说："我约了人来吃饭，得准备一下。请你帮帮忙，给我看看校样，招待招待客人吧。"

我一听说叫我招待客人，不免稍觉畏怯，可是刚才那一阵枪声还在我耳朵里响，我简直吓得魂不附体，因此也就想不出什么话来回答。

他继续说："琼斯四点钟会到这儿来——赏他一顿鞭子吧。吉尔斯配也许还要来得早一点——把他从窗户里摔出去。福格森大约四点半会来——打死他吧。我想今天就只这些事了。要是你还有得时间多的话，你可以写一篇挖苦警察的文章——把那督察长臭骂一顿。牛皮鞭子在桌子底下；武器在抽屉里——子弹在那个犄角里——棉花和绷带在那上面的文件架里。要是出了事，你就到楼下去找外科医生蓝赛吧。他在我们报上登广告——我们给他抵账就是了。"

他走了。我浑身发抖。后来那三个钟头完了的时候，我已经经历了几场惊心动魄的危险，以致安宁的心境和愉快的情绪通通无影无踪了。吉尔斯配是光顾过的，他反而把我摔到窗户外面了。琼斯又即时来到，我正预备赏他一顿皮鞭子的时候，他倒给代劳了。还有一位不在清单之列的陌生人和我干了一场，结果我让他剥掉了头皮。另外还有一位名叫汤普生的客人把我一身的衣服撕得一塌糊涂，全成了碎布片儿。后来我被逼到一个角落里，被一大群暴怒的编辑、赌鬼、政客和横行无忌的恶棍们围困着，他们都大声叫嚣和谩骂，在我头上挥舞着武器，弄得空中晃着钢铁的闪光，我就在这种情况中写着辞去报馆职务的信。正在这时候，主笔回来了，和他同来的还有乱七八糟的一群兴高采烈的、热心帮忙的朋友。于是又发生了一场斗殴和残杀，那种骚乱的情况，简直非笔墨所能形容。人们被枪击、刀刺、砍断肢体、炸得血肉横飞、摔到窗户外面去。一阵短促的风暴般的阴沉的咒骂，夹杂着混乱和狂热的临阵舞蹈，朦胧地发出闪光，随后就鸦雀无声了。五分钟之内就平静了下来，只剩下血淋淋的主笔和我坐在那里，察看着四周的地板上到处铺满了的这一场厮杀的一塌糊涂的战迹。

他说：“你慢慢习惯了，就会喜欢这个地方。”

我说：“我可不得不请您原谅；我想我也许再过些时候，写出稿子来就能合您的意；我只要经过一番练习，学会了这儿的笔调，我相信我是能胜任的。可是说老实话，那种措辞的劲头实在有些欠妥，写起文章来难免引起风波、被人打搅。这您自己也明白。文章写得有力量，当然是能够鼓舞大家的精神，这是不成问题的。可是我究竟不愿意像您这个报纸这样，引起人家这么注意。像今天这样，老是有人打搅，我就不能安心写文章。这个职务我是十分喜欢的，可是我不愿意留在这儿招待您那些客人。我所得的经验是新奇的，确实不错，而且还可以算是别有一番风味，可是今天的事情还是有点不大公道。有一位先生从窗户外面向您开枪，结果倒把我打伤了；一颗炸弹从火炉烟筒里丢进来，本来是给您送礼的，结果可叫炉子的门顺着我的喉咙管溜下去了；一个朋友进来和您彼此问候，结果把我打了个满身枪眼，弄得我的皮包不住身子；您出去吃饭，琼斯就来拿皮鞭子揍了我一顿，吉尔斯配把我摔到窗户外面去，汤普生把我的衣服全都撕掉了，还有一个完全陌生的人把我的头皮剥掉了，他简直干得自由自在，就像个老朋友似的；还不到五分钟的工夫，这一带地方所有的坏蛋都涂着鬼脸来了，他们都拿着战斧把我吓得五魂出窍。整个儿说，像今天所经过的这么一场热闹，我可是一辈子没有遇到过。不行；我喜欢您，我也喜欢您对客人解

释问题那种不动声色的作风，可是您要知道，我简直不习惯这些。南方人的心太容易被感情冲动；南方人款待客人太豪爽了。今天我写的那几段话，写得毫无生气，经您大笔一挥，把田纳西新闻笔调的强烈劲势灌注到里面，又不免惹出一窠马蜂来。那一群乱七八糟的编辑们又要到这儿来——他们还会饿着肚子来，要杀一个人当早餐吃哩。我不得不向您告辞了。叫我来参加这场热闹，我只好敬谢不敏。我到南方来，为的是休养身体，现在我要回去，还是为了同一目的，而且是说走就走。田纳西新闻界的作风太使我兴奋了。”

我说完这些话之后，我们彼此便歉然地分手了，我就搬到医院去，在病房里住下来。

## 大宗牛肉合同的事件始末

不管它对我的关系是多么微不足道吧，但是我仍想尽可能简短地向全国人说明这件事里究竟有我什么份儿。因为这件事曾经引起公众的注意，激起很大的反感，以至两大州的报纸都用大量篇幅刊载了歪曲事实的报道和偏激夸大的评论。

这里我要声明的是，在以下的简介中，每一件事都可以用中央政府的档案充分地予以证实——这件不幸的事是这样引起的：

大约在一八六一年十月十日，新泽西州希芒县鹿特丹区已故的约翰·威尔逊·麦肯齐和中央政府订立了一份合同，议定以总数为30大桶的牛肉供应给谢尔曼将军①。

多么好的一笔买卖。

他带着牛肉去找谢尔曼。但是，等他赶到华盛顿，谢尔曼已经去马纳萨斯；于是他又装好了牛肉，跟踪到那里，可是到达那里已经晚了；于是他又跟踪谢尔曼去纳什维尔，然后从纳什维尔去查塔努加，再从查塔努加去亚特兰大——然而，他始终没能追赶上。他从亚特兰大再一次整装出发，紧沿着谢尔曼的路线直趋海滨。这一次他又迟到了几天；但是，听说谢尔曼准备乘"贵格城"号去圣地旅行，他就乘了一艘开往贝鲁特的轮船，打算超过前一艘轮船。当他带着牛肉抵达耶路撒冷时，他获悉谢尔曼并没乘"贵格城"号出航，而是到大草原去打印第安人了。他回到美国，向落基山进发。在大草原上历尽艰辛，走了六十八天，离谢尔曼的大本营只四英里地时，他被印第安人用战斧劈死，剥去头皮，牛肉也被印第安人抢走了。他们抢走了几乎所有的牛肉，只丢下其中的一桶。谢尔曼的军队截下了那一桶牛肉；所以，那位勇敢的航海者虽然自己身死，但仍旧部份履行了他的合同。在一份以日记形式写的遗嘱中，他将那份合同传给了他的儿子巴塞洛缨·W。巴塞洛缨开列了以下的账单，随后就死了：

致美利坚合众国政府

尊账应偿付新泽西州已故的约翰·威尔逊·麦肯齐以下各项费用：

谢尔曼将军定购牛肉30大桶

每桶售价100元　3000元

旅费与运输费　14000 元

共计　17000 元

收款人：

他虽然去世，但是死前已把合同留给了威廉小·J·马丁。马丁设法收回账款，可是这件事还没办妥，已经与世长辞。他把合同留给了巴克·J·艾伦，艾伦也试图收回那笔账款。他没能活到把钱弄到手就死了。他把合同留给了安森·G·罗杰斯，罗杰斯企图收回那笔账款，他层层申请，已经接近第九审计官的办公室，但是这时候对万物一视同仁的死神没经召唤就突然来到，把他也勾去了。他将单据留给了康涅狄格州一个叫文詹斯·霍普金斯的亲戚，霍普金斯此后只活了四星期零两天，但创造了最快的纪录，因为他在此期间已经差点儿接近第十二审计官。他在遗嘱中把那份合同赠给了一位名叫“哦—寻乐吧”·约翰逊的舅父。但是，他虽然会寻乐，也经不起操那份心。他临终时说的是：“别再为我哭——我可是情愿走了。”于是他真的走了，瞧这个可怜的人儿。此后继承那份合同的共有七人，但是他们一个个都死了。所以它最后落到了我手里。它是由一个印第安纳州名叫哈伯德（伯利恒·哈伯德）的亲戚传到我手里的。这人长期以来一直对我怀恨在心，可是，到了弥留的时候，他却把我唤了去，宽恕了我过去的一切，垂着泪把那份合同交给了我。

以上是我继承这笔遗产前的一段历史。现在我要将本人与此事有关的细节直接向全国人一一交代。我拿了这份牛肉合同和旅费运输费账单去见美利坚合众国总统。

他说：“怎么，先生，有什么事我可以为您效劳的吗？”

我说：“阁下，大约在一八六一年十月十日，新泽西州希芒县鹿特丹区已故的约翰·威尔逊·麦肯齐和中央政府订立了一份合同，议定以总数为三十大桶牛肉供应给谢尔曼将军……”

他听到这里就拦住了我，叫我离开他那儿——态度是和蔼的，但也是坚决的。第二天，我去拜会国务卿。

他说：“什么事呀，先生？”

我说：“殿下，大约在一八六一年十月十日，新泽西州希芒县鹿特丹区已故的约翰·威尔逊·麦肯齐和中央政府订立了一份合同，议定向谢尔曼将军供应总数为三十大桶的牛肉……”

“好啦，先生——好啦；本部门不管你什么牛肉合同。”

他把我请了出去。我把这件事通盘考虑了一下，最后，第二天，我去拜访海军部长，他说：“有话快谈吧，先生；别叫我尽等着。”

我说：“殿下，大约在一八六一年十月十日，新泽西州希芒县鹿特丹区已故的约翰·威尔逊·麦肯齐和中央政府订立了一份合同，议定向谢尔曼将军供应总数为三十大桶的牛肉……”

可不是，我只来得及说到这儿。他也不管给谢尔曼将军订立的牛肉合同。我开始心里嘀咕：瞧这政府可有些古怪呀，它有点儿像是要赖了那笔牛肉账哩。第二天，我又去见内政部长。

我说：“殿下，大约在一八六一年十月十日……”

“够啦，先生。我以前已经听说过您了。去吧，拿了您这份肮脏的牛肉合同离开这儿吧。内政部根本不管陆军的粮饷。”

我离开了那儿。可是这一来我恼火了。我说，我要把他们纠缠得没法安身；我要搅乱这个不讲公道的政府的每一个部门，一直闹到有关合同的事获得解决为止。要不就是我收齐了这笔账款，要不就是我自己倒下，像以前的一些人办交涉的时候倒下了为止。此后我进攻邮政部长；我围困农业部；我给众议院议长打了埋伏。他们都不管给陆军订立的牛肉合同。于是我向专利局进军。

我说："尊严的阁下大人，大约在……"

"天杀的！你终于把你那份火烧不光的牛肉合同带到这儿来了吗？我们根本不管给陆军订立的牛肉合同，亲爱的先生。"

"哦，这完全没关系——可是，总得有一个人出来偿付这笔牛肉账呀。再说，你们现在就得偿付，否则我就要没收了这个老专利局，包括它里面所有的东西。"

"可是，亲爱的先生……"

"不管怎样，先生。我认为专利局必须对那批牛肉负责；再说，负责也罢，不负责也罢，专利局必须付清这笔账。"

这里就不必再谈那些细节了。结果是双方动了武。专利局打了一场胜仗。但是我却发现了一件对我有利的事情。他们告诉我，财政部才是我应当去的地方。于是我去到那里。我等候了两个半小时，后来他们让我进去见第一财政大臣②

我说："最高贵的、庄严的、尊敬的大人，大约在一八六一年十月十日，约翰·威尔逊·麦肯……"

"够啦够啦，先生。您的事我已经听说过了。您去见财政部第一审计官吧。"

我去见第一审计官。他打发我去见第二审计官。第二审计官打发我去见第三审计官，第三审计官打发我去见腌牛肉组第一查账员。这一位才开始有点儿像是在认真地办事。他查看了他的账册和所有未归档的文件，可是没找到牛肉合同底本。我去找腌牛肉组第二查账员。他查看了他的账册和未归档的文件，但是最后毫无结果。然而我的勇气却随之提高了。在那一星期里，我甚至一直找到了该组的第六查账员；第二个星期里，我走遍了债权部；第三个星期里，我开始在错档合同部里从事查询，结束了在那里进行的工作，而且在错账部里获得一个据点。我只花了三天工夫就消灭了它。现在只剩下一个地方可以让我去了。我去围攻杂碎司司长。意思是说，我去围攻他的办事员——因为他本人不在。有十六个年轻貌美的姑娘在屋子里记账，再有七个年轻漂亮的男办事员在指导她们。小姑娘们扭转头来笑，办事员朝她们对笑，大伙喜气洋洋，好像听到了结婚的钟声敲响。两三个正在看报的办事员下死眼把我盯了两下，又继续看报，谁也不说什么。好的是，自从走进腌牛肉局的第一个办公室那天起，直到走出错账部的最后一个办公室时止，我已经积累了那么多经验，我已经习惯于四级助理普通办事员的这种敏捷的反应。这时候我已经练就了一套功夫：从走进办公室时候起，直等到一个办事员开始跟我说话时止，我能一直金鸡独立地站着，最多只改换一两次姿势。

于是，我站在那里，一直站到我改换了四个姿势，然后我对一个正在看报的办事员说：

“大名鼎鼎的坏蛋，土耳其皇帝在哪儿？”

“您这是什么意思，先生？您说的是谁？如果您说的是局长，那么他出去了。”

“他今儿会去后宫吗？”

年轻人直勾勾地向我瞧了一会儿，然后继续看他的报。可是我熟悉那些办事员的一套。我知道，只要他能在纽约的另一批邮件递到之前看完了报纸，我的事就有把握了。现在他只剩下两张报纸了。又过了不多一会儿，他看完了那两张报纸，接着，打了个哈欠，问我有什么事情。

“赫赫有名尊贵的痴子，大约在……”

“您就是那个为牛肉合同打交道的人呀，把您的单据给我吧。”

他接过了那些单据，好半晌一直翻他那些杂碎儿。最后，他发现了那份已经失落多年的牛肉合同记录——我还以为他是发现了西北航道③，以为他是发现了那块我们许多祖先还没驶近它跟前就被撞得粉身碎骨的礁石。当时我深受感动。但是我很高兴——因为我总算保全了性命。我激动地说：“把它给我吧。这一来政府总要解决这个问题了。”他挥手叫我后退，说还有一步手续得先给办好。

“这个约翰·威尔逊·麦肯齐呢？”他问。

“死了。”

“他是什么时候死的？”

“他根本不是自己死的——他是被杀害的。”

“怎么杀害的？”

“被战斧砍死的。”

“谁用战斧砍死他的？”

“唷，当然是印第安人啰。您总不会猜想那是一位主日学校校长吧？”

“不会的。是一个印第安人吗？”

“正是。”

“那印第安人叫什么？”

“他叫什么？我可不知道他叫什么。”

“必须知道他叫什么。是谁瞧见他用战斧砍的？”

“我不知道。”

“这么说，当时您不在场？”

“这您只要瞧瞧我的头发就可以知道了。当时我不在场。”

“那么您又是怎样知道麦肯齐已经死了？”

“因为他肯定是那时候死了，我有充分的理由相信，他打那时候起就不在了。真的，我知道他已经死了。”

“我们必须要有证明。您找到那个印第安人了吗？”

“当然没找到。”

“我说，您必须找到他，您找到了那把战斧吗？”

“我从来没想到这种事情。”

“您必须找到那把战斧。您必须交出那个印第安人和那把战斧。如果麦肯齐的死能由这一切提供证明，那么您就可以到一个特别委任的委员会那儿去对证，让他们审核您所要求的赔偿；按照这样的速度处理您的账单，看来您的子女或者还有希望活到那一天，可以领到那笔钱去享受一下。但是，那个人的死必须得到证明。好吧，我不妨告诉您，政府决不会偿付已故麦肯齐的那些运费和旅费。如果您能让国会通过一项救济法案，为此拨出一笔款额，也许政府可能偿付谢尔曼的士兵截下来的那一桶牛肉的货款；但是，政府不会赔偿印第安人吃掉的那二十九桶牛肉。”

“这样说来，政府只能偿还我一百元，甚至连这笔钱也不是一定可靠的呀！麦肯齐带着那些牛肉，跑遍了欧洲、亚洲和美洲，他经受了那么多的折磨和苦难，搬运了那么多的地方；有那么多试图收回账款的无辜者作了牺牲；最后就这样了事呀！年轻人，为什么腌牛肉组的第一查账员不早告诉我呢？”

“对您提出的要求是否属实，他一无所知呀？”

“为什么第二查账员不早告诉我？为什么第三查账员不早告诉我？为什么所有各组各部都不早告诉我？”

“他们都不知道呀。我们这儿是按规章手续办事。您一步步地履行了那些手续，就会探听到您所要知道的事情。这是最好的办法。这是唯一的办法。这样办事非常正规，虽然非常缓慢，但是稳妥可靠。”

“是呀，是稳死无疑，对我们家族中多数的人来说就是这样。我开始感觉到，主也要召我去了。年轻人，我打你温柔的眼光里可以看出，你爱那个鲜艳的人物，瞧她蓝晶晶的眼睛脉脉含情，耳朵后面插着几枝钢笔[④]；你想要娶她——可是你又没钱。喏，把手伸出来——这是那份牛肉合同；你拿去吧，娶了她去快活吧！愿老天爷保佑你们俩，我的孩子！”

有关大宗牛肉合同引起社会纷纷议论一事，我所知道的都在上面交代了。我留下合同给他的那个办事员现在也死了。有关合同此后的下落，以及任何与它有关的人的事情我都不知道了。我只知道：如果一个人的寿命特别长，那么他不妨到华盛顿的扯皮办事处里去追查一件事。在那里花费很大的气力，经过无数的转折和拖延，最后找到他实际上头一天里就可以在那里（如果扯皮办事处也能像一家大的私人商业机构将工作安排得那么灵活的话）找到的东西。

注释

① 威廉·特库姆塞·谢尔曼（1820—1891）：美国陆军司令官，1864 年从查塔努加出发，进行著名的“长征”，沿途与印第安人激战，终于抵达亚特兰大；后又开始“向大海进军”，经过南卡罗来纳等州。

② 以下官职与部门等俱系玩笑的称呼。

③ 连接大西洋和太平洋、通过加拿大北部的一条航道。

④ 指夹头发的钢饰针。

# 加利福尼亚人的故事

三十五年前，我曾到斯达尼斯劳斯河找矿。我手拿着鹤嘴锄，带着淘盘，背着号角，成天跋涉。我走遍了各处，淘洗了不少的含金沙，总想着找到矿藏发笔大财，却总是一无所获。这是一个风景秀丽的地区，树木葱茏，气候温和，景色宜人。很多年前，这儿人烟稠密，而现在，人们早已消失殆尽了，富有魅力的极乐园成了一个荒凉冷僻的地方。他们把地层表面给挖了个遍，然后就离开了这里。有一处，一度是个繁忙热闹的小城市，有过几家银行，几家报纸和几支消防队，还有过一位市长和众多的市政参议员。可是现在；除了广袤无垠的绿色草皮之外，一无所有，甚至看不见人类生命曾在这里出现过的最微小的迹象。这片荒原一直延伸到塔特尔镇。在那一带附近的乡间，沿着那些布满尘土的道路，不时可以看到一些极为漂亮的小村舍。外表整洁舒适，像蛛网一样密密麻麻的藤蔓，像雪一样浓厚茂密的玫瑰遮掩了小屋的门窗。这是一些荒废了的住宅，很多年前，那些遭到失败、灰心丧气的家庭遗弃了它们，因为这些房屋既卖不出去也送不出去。走上半小时的路程，时而会发现一些用圆木搭建起来的孤寂的小木屋，这是在最早的淘金时代由第一批淘金人修建的，他们是建造小村舍的那些人的前辈。偶尔，这些小木屋仍然有人居住。那么，你就可以断定这居住者就是当初建造这个小木屋的拓荒人；你还能断定他之所以住在那儿的原因——虽然他曾有机会回到家乡，回到州里去过好日子。但是他不愿回去，而宁愿放弃财产。他感到羞耻，于是决定与所有的亲人朋友断绝往来，好像他已经死去似的。那年月，加利福尼亚附近散居着许许多多这样的活死人——这些可怜的人，自尊心受到严重打击，四十岁就白发斑斑，未老先衰。隐藏在他们内心深处的只有悔恨和渴望——悔恨自己虚度的年华，渴望远离尘嚣，彻底与世隔绝。

这是一片孤寂荒芜的土地！除了使人昏昏欲睡的昆虫的嗡嗡声，辽阔的草地和树林静寂安宁，别无声息；杳无人烟，兽类绝迹；任什么也不能使你打起精神，使你觉得活着是件乐事。因此，在一天过了正午不久，当我终于发现一个人的时候，我油然生出一种感激之情，精神极为振奋。这是一个四十五岁左右的男人，他正站在一间覆盖着玫瑰花的小巧舒适的村舍门旁。这是那种我已提到过的村舍，不过，这一间可没有被遗弃的样子；它的外观表明有人住在里面，而且它还受到主人的宠爱，关心和照料。它的前院也同样受到如此厚待，这是一个花园；繁茂的鲜花正盛开着，五彩缤纷，绚丽多姿。当然，我受到了主人的邀请，主人叫我不要客气——这是乡下的惯例。

走进这样一个房间真使人身心愉悦。好几个星期以来，我日日夜夜和矿工们的小木屋打交道，熟悉了屋里的一切——肮脏的地板，从来不叠被子的床铺，锡盘锡杯，咸猪肉，蚕豆和浓咖啡，屋内别无装饰，只有一些从东部带插图的出版物中取下来的描绘战争的图片钉在木头墙上。那是一种艰苦的，凄凉的生活，没有欢乐，人人都为自己的利益打算。而这里，却是一个温暖舒适的栖息之地。它能让人疲倦的双眼得到休憩，能使人的某种天性得以更新。在长时间的禁食之后，当艺术品呈现在面前，这种天性认识到它一直处于无意识的饥饿之中，而现在找到了营养滋补品，而不会去说这些艺术品可能是怎样的低劣，怎样的朴素。我不能相信一块残缺的地毯会使我的感官得到如此愉快的享受，如此心满意足；或者说，我没有想到，房间里的一切会给我的灵魂以这样的慰藉：那糊墙纸，那些带框的版画，铺在沙发的扶手和靠背上的色彩鲜艳的小垫布和台灯座下的衬垫。几把温莎时代的细骨靠椅，还有陈列着海贝、书籍和瓷花瓶的锃光透亮的古董架，以及那种随意搁置物品的细巧方法和风格。它们是女人的手在干活的痕迹，你见了不会经意，而一旦拿走，你立刻又会怀念不已。我内心的快乐从我的脸上表现出来，那男人见了很是欢喜；因为这快乐是这样显而易见，以致他就像我们已经谈到过这个话题似的答道：

“都是她弄的，”他爱抚地说，“都是她亲手弄的——全都是。”他向屋子瞥了一眼，眼里充满了深情的崇拜。画框上方，悬挂着一种柔软的日本织物，女人们看似随意，实

为精心地用它来装饰。那男人注意到它不太整齐，他小心翼翼地把它重新整理好，然后退后几步观察整理的效果。这样反复了好几次，直到他完全满意为止。他用手掌把它轻轻地拍打了最后两下，说："她总是这样弄的。你说不出它正好差点儿什么，可是它的确是差点儿什么，直到你把它弄好——弄好以后也只有你自己知道，但是也仅此而已；你找不出它的规律。我估摸着，这就好比母亲给孩子梳完头以后再最后地拍两下一样。我经常看她侍弄这些玩意儿，所以我也能完全照着她的样子做了，尽管我不知其中的规律。可是她知道。她知道侍弄它们的理由和方法；我却不知道理由，我只知道方法。"

他把我带进一间卧室让我洗手；这样的卧室我是多年不见了：白色的床罩，白色的枕头，铺了地毯的地板，裱了糊墙纸的墙壁。墙上有好些画，还有一个梳妆台，上面放着镜子，针插和轻巧精致的梳妆用品；墙角放着一个脸盆架，一个真瓷的钵子和一个带嘴的有柄大水罐；一个瓷盘里放着肥皂，在一个搁物架上放了不止一打的毛巾——对于一个很久不用这种毛巾的人来说，它们真是太干净、太洁白了，没有点朦胧的亵渎神灵的意识还不敢用呢。我的脸上又一次说出了心里的话，于是他心满意足地答道：

"都是她弄的；都是她亲手弄的——全都是。这儿没一样东西不是她亲手摸过的。好啦，你会想到的——我不必说那么多啦。"

这当儿，我一面擦着手，一面仔细地扫视屋里的物品，就像到了新地方的人都爱做的那样，这儿的一切都赏心悦目。接着，你知道，我以一种无法解释的方式意识到那男人想要我自己在这屋里的某个地方发现某种东西。我的感觉完全准确，我看出他正试着用眼角偷偷地暗示来帮我的忙，我也急于想使他满意，于是就很卖劲地按恰当的途径寻找起来。我失败了好几次，因为我是从眼角往外看，而他并没有什么反应。但是我终于明白了我应该直视前方的那个东西——因为他的喜悦像一股无形的浪潮向我袭来。他爆发出一阵幸福的笑声，搓着两手，叫道：

"就是它！你找到了。我就知道你会找到的。那是她的相片。"

前面墙上有一个黑色胡桃木的小托架，我走到跟前，确实在那儿发现了我先前还不曾注意到的一个相框。相片是早期的照相术照的。那是一个极温柔、极可爱的少女的脸庞，在我看来，似乎是我所见过的最为美丽的女人。那男人吮吸了我流露在脸上的赞叹，满意极了。

"她过了十九岁的生日，"他说着把相片放回原处；"我们就是在她生日那天结的婚。你见到她的时候——哦，只有等一等你才能见到她！"

"她在什么地方？什么时候在家？"

"哦，她现在不在家。她探望亲人去了。他们住在离这儿四五十英里远的地方。到今天，她已经走了两个星期了。"

"你估计她什么时候回来？"

"今天是星期三。她星期六晚上回来，可能在九点钟左右。"

我感到一阵强烈的失望。

"我很遗憾，因为那时候我已经走了。"我惋惜地说。

"已经走了？不，你为什么要走呢？请别走吧，她会非常失望的。”

她会失望——那美丽的尤物！倘若是她亲口对我说的这番话，那我就是最最幸福的人了。我感觉到一种深沉的强烈的渴望想见到她，这渴望带着那样的祈求，是那样的执着，使得我害怕起来。我对自己说：“我要马上离开这里，为了我的灵魂得到安宁。

“你知道，她喜欢有人来和我们待在一起——那些见多识广，善于谈吐的人——就像你这样的人。这使她感到快乐；因为她知道——啊，她几乎什么都知道，而且也很能交谈，嗯，就像只小鸟——她还读过很多书，噢，你会吃惊的。请不要走吧，不会耽搁你很久，你知道，她会非常失望的。”

我听着这些话，却几乎没有留意。我深陷在内心的思索和矛盾斗争中。他走开了，我却不知道。很快他回来了，手里拿着那个像框，他把它拿到我面前说：

“喏，这会儿你当着她的面对她说，你本来是可以留下来见她的，可是你不愿意。”

这第二次看见她使我本来坚定不移的决心彻底瓦解了，我愿意留下来冒冒险。那天晚上，我们安安静静地抽着烟斗聊天，一直聊到深夜。我们聊了各种话题，不过主要都和她有关。很久以来，我确实没有过这么愉快这么悠闲的时光了。星期四来了，又轻松自在地溜走了。黄昏时分，一个大个子矿工从三英里外来到这儿。他是那种头发灰白、无依无靠的拓荒者。他用沉着、庄重的口气同我们热情地打过招呼，然后说：

“我只是顺便来问问小夫人的情况，她什么时候回来？她有信来吗？”

“哦，是的，有一封信，你愿意听听吗？汤姆？”

“呢，如果你不介意，我想我是愿意听听的，亨利！”

亨利从皮夹子里把信拿出来，说如果我们不反对的话，他将跳过一些私人用语，然后他读了起来。他读了来信的大部分——这是一件她亲手完成的妩媚优雅的作品，充满着爱恋、安详的感情。在信的附言中，还满怀深情地问候和祝福汤姆，乔，查利以及其他的好友和邻居们。

当他读完时，他瞥了一眼汤姆，叫道：

“啊哈，你又是这样！把你的双手拿开，让我看看你的眼睛。我读她的信你总是这样，我要写信告诉她。”

“呵不，你千万别这样，亨利。我老啦，你知道，任何一点小小的失望都会使我流泪。我以为她已经回来了，可现在你只收到一封信。”

“咦，你这是怎么啦？我以为大家都知道她要到星期六才回来的呀。”

“星期六！哈，想起来啦，我的确是知道的。我怀疑最近我的脑子是不是出了毛病？我当然知道啦。我们干嘛不为她做好一切准备呢？好了，我现在得走了，不过她回来时我会来的，老伙计！”

星期五傍晚，又来了一个头发灰白的老淘金人，他住的小木屋离这儿差不多一英里。他说小伙子们想在星期六晚上来热闹热闹，痛痛快快地玩一玩，如果亨利认为她在旅行之后不至于疲倦得支持不了的话。

“疲倦？她会感到疲倦？哼，听他说的！乔，你知道，不管你们当中的谁，只要你们高兴，她愿意一连六个星期不睡觉的！”

当乔听说有封信时，就请求读给他听。信里对他亲切的问候使这个老伙伴也控制不住自己的感情；但是他说，他老得不中用啦，尽管她只是提到他的名字，那也使他受不了。“上帝，我们多么想念她呀！”

星期六下午，我发现自己不时地看表。亨利注意到了，他带着惊讶的神情说道：

“你认为她不会很快就到，是吗？”

我像被人发现了内心秘密似的感到有些窘迫。不过我笑着说，我等人的时候就是这么个习惯。但是他似乎不太满意；从那一刻起，他开始有点心神不安。他四次拉着我沿着大路走到一处，从那儿我们可以看到很远的地方；他总是站在那儿，手搭凉棚，眺望着，好几次，他这么说：

“我有些担心了，我真担心。我知道她在九点以前不会到的，可是好像有什么老是想警告我出了什么事儿。你想不会出什么事儿的，是吧？”

他就这样反反复复地说了好几遍。我开始为他的幼稚可笑感到非常害臊。终于，在他又一次乞求地问我时，我失去了耐心，我跟他讲话时态度很粗鲁。这似乎使他完全萎缩了，还把他吓唬住了。这以后他看起来是这样受了伤害，态度是这样的谦卑，以致我憎恨自己干了这件残酷的、不必要的事。因此，当夜幕开始降临的时候，另一个老淘金人查利到来时，我非常高兴。他紧挨在亨利身旁听他读信，商量欢迎她的准备工作。查利一句接一句地说出热情亲切的话语，尽力驱散他朋友的不祥和恐惧之感。

“她出过什么事吗？亨利，那纯粹是胡说。什么事儿也不会发生在她身上的；你就放宽心吧。信上怎么说来着？说她很好，不是吗？说她九点到家，不是吗？你见过她说话不算数吗？唔，你从来没见过。好啦，那就别再烦恼啦，她会回来的，那是绝对肯定的，就像你的出生一样确定无疑。来吧，让我们来布置屋子吧——没有多少时间啦。”

很快汤姆和乔也来了。于是大家就动手用鲜花把屋子装饰起来。快到九点时，这三个矿工说，他们还带来了乐器，也可以奏起来了，因为小伙子们和姑娘们很快就要到了，他们都非常想跳一跳美妙的，老式的“布雷克道恩”[①]舞。一把小提琴，一把班卓琴，还有一只单簧管——这些就是乐器。他们一起奏起了三重奏，奏的是一些轻快的舞曲，还一面用大靴子踏着节拍。

时间快到九点了。亨利站在门口，眼睛直盯着大路，内心的痛苦折磨得他有些站立不稳。伙伴们几次让他举起杯来为他妻子的健康和平安干杯。这时汤姆高声喊道：

“请大家举杯！再喝一杯，她就到家啦！”

乔用托盘端来了酒，分给大家，最后剩下两杯，我拿起了其中一杯，但是乔压低了嗓子吼道：

“别拿这一杯，拿那一杯。”

我照他说的做了。亨利接过了剩下的那杯。他刚喝完这杯酒，时钟开始敲九点。他听着钟敲完，脸色变得越来越苍白，他说：

“伙伴们，我很害怕，帮帮我——我要躺下！”

他们扶他到沙发上，他躺下去开始打起瞌睡来。可是一会儿，像人在睡梦中说话一样，他说：

“我听见马蹄声了吧？是他们来了吗？”

一个老淘金人靠近他的耳边说：“这是吉米·帕里什，他来说他们在路上耽搁了。不过他们已经上路了，正来着呢。

她的马瘸了，但再过半小时她就到家了。”

“啊，我真是谢天谢地没出什么事儿！”

话还没说完他就几乎睡着了。这些人马上灵巧地帮他脱了衣服，把他抱到我洗手的那间卧室的床上，给他盖好了被子。他们关上了门，走了回来，于是他们似乎就准备动身离开了。我说：“别走呀，先生们，她不认识我呀，我是个生人。”

他们互相看了看，然后乔说：

“她？可怜的人儿，她死了十九年啦！”

“死了？”

“或许比这更糟哪。她结婚半年后回家探望她的亲人，在回来的路上，就在星期六的晚上，在离这儿五英里的地方被印第安人抢走啦。从此以后就再没听到过她的消息。”

“结果他就精神失常了吗？”

“从那时起他就一直没再清醒过。不过他只是每年到这个时候才更糟。在她要回来的前三天，我们就开始到这儿来，鼓励他打起精神，问问他是否接到她的来信。星期六我们都到这儿来，用鲜花装点屋子，为舞会做好一切准备。十九年来，我们年年都这样做。第一年的星期六我们有二十七个人，还不算姑娘们；现在只有我们三人了，姑娘们都走了。我们给他吃药让他睡觉，要不他会发疯的。于是他又会乖乖地等着来年——想着她和他在一起的幸福时光，直到这最后的三四天，他又开始寻找她，拿出那封可怜的旧信，我们就来请求他读给我们听。上帝啊，她是一个可爱的人啊！”

---

注释

①美国黑人首创的一种舞蹈。

# 百万英镑

二十七岁那年，我正给旧金山的一个矿业经济人打工，把证券交易所的门槛摸得清清楚楚。我是只身混世界，除了自己的聪明才智和一身清白，就再也没什么可依靠的了；不过，这反倒让我脚踏实地，不做那没影儿的发财梦，死心塌地奔自己的前程。

每到星期六下午股市收了盘，时间就全都是我自己的了，我喜欢弄条小船到海湾里去消磨这些时光。有一天我驶得远了点儿，漂到了茫茫大海上。正当夜幕降临，眼看就要没了盼头的时候，一艘开往伦敦的双桅帆船搭救了我。漫漫的旅途风狂雨暴，他们让我以工代票，干普通水手的活儿。到伦敦上岸的时候，我鹑衣百结，兜里只剩了一块钱。连吃带住，我用这一块钱顶了二十四个小时。再往后的二十四个小时里，我就饥肠辘辘，无处栖身了。

第二天上午大约十点钟光景，我破衣烂衫，饿着肚子正沿波特兰大道往前蹭。这时候，一个保姆领着孩子路过，那孩子把手上刚咬了一口的大个儿甜梨扔进了下水道。不用说，我停了下来，满含欲望的眼光罩住了那个脏兮兮的宝物儿。我口水直淌，肚子里都伸出手来，全心全意地乞求这个宝贝儿。可是，只要我刚一动弹，想去拣梨，总有哪一双过路的火眼金睛明察秋毫。我自然又站得直直的，没事人一样，好像从来就没在那个烂梨身上打过主意。这出戏演了一回又一回，我就是得不着那个梨。我受尽煎熬，正打算放开胆量、撕破脸皮去抓梨的时候，我身后的一扇窗子打开了，一位先生从里面发话：

“请到这儿来。”

一个衣着华丽的仆人把我接了进去，领到一个豪华房间，里头坐着两位上了岁数的绅士。他们打发走仆人，让我坐下。他们刚刚吃了早餐，看着那些残羹剩饭，我简直透不过气来。有这些吃的东西在场，我无论如何也集中不了精力，可是人家没请我品尝，我也只好尽力忍着。

这里刚刚发生过的事，我是过了好多天以后才明白的，不过现在我就马上说给你听。这对老兄弟为一件事已经有两天争得不可开交了，最后他们同意打个赌来分出高低——无论什么事英国人靠打赌都能一了百了。

你也许记得，英格兰银行曾经发行过两张一百万英镑的大钞,用于和某国公对公交易之类的特殊目的。不知怎么搞的，这两张大钞只有一张用过后注销了；另一张则一直躺在英格兰银行的金库里睡大觉。且说这两兄弟聊着聊着，忽发奇想：假如一位有头脑、特诚实的外地人落难伦敦，他举目无亲，除了一张百万英镑的大钞以外一无所有，而且他还没法证明这张大钞就是他的——这样的一个人会有怎样的命运呢？大哥说这人会饿死；弟弟说饿不死。大哥说，别说去银行了，无论去哪儿这人也花不掉那张大钞，因为他会当场被抓住。兄弟两个就这样争执不下，后来弟弟说他愿出两万镑打赌，这人靠百万英镑大钞无论如何也能活三十天，而且进不了监狱。大哥同意打赌，弟弟就到英格兰银行把大钞买了回来。你看，英国男子汉就是这样，魄力十足。然后，他口述一信，叫一个文书用漂亮的楷体字誊清；然后，两兄弟在窗前坐了整整一天，巴望来一个能消受大钞的合适人选。

他们检阅着一张张经过窗前的脸。有的虽然老实，却不够聪明；有的够聪明，却不够老实；还有不少又聪明又老实的，可人穷得不彻底；等到个赤贫的。又不是外地人——总是不能尽如人意。就在这时，我来了；他们俩认定我具备所有条件，于是一致选定了我。可我呢，正等着知道叫我进来到底要干什么。他们开始问一些有关我个人的问题，很快就弄清楚了我的来龙去脉。最后，他们告诉我，我正合他们的心意。我说，我打心眼里高兴，可不知道这心意到底是什么意思。这时，俩人当中的一位交给我一个信封，说打开一看便知。我正要打开，可他又不让；要我带到住处去仔仔细细地看，不要草率从事，也不用慌慌张张。我满腹狐疑，想把话头再往外引一引，可是他们不干。我只好揣着一肚子被侮辱与被损害的感觉往外走，他们明摆着是自己逗乐，拿我耍着玩。不过，我还是得顺着他们，这时的处境容不得我对这些阔佬大亨耍脾气。

本来，我能把那个梨拣起来，明目张胆地吃进肚子去了，可现在那个梨已经无影无踪；就因为那倒霉的差事，把我的梨弄丢了。想到这里，我对那两个人就气不打一处来。走到看不见那所房子的地方，我打开信封一看，里边装的是钱哪！说真的，这时我对他们可是另眼相看喽！我急不可待地把信和钱往马甲兜里一塞，撒腿就朝最近的小吃店跑。好，这一顿猛吃呀！最后，肚子实在塞不下东西去了，我掏出那张钞

票来展开，只扫了一眼，我就差点昏倒。五百万美元！乖乖，我懵了。

我盯着那张大钞头晕眼花，想必足足过了一分钟才清醒过来。这时候，首先映入我眼帘的是小吃店老板哈里斯。他的目光粘在大钞上，像五雷轰顶一般。他正在全心全意地祷告上帝，看来手脚都不能动弹了。我一下子计上心来，做了这时按人之常情应该做的事。我把那张大钞递到他眼前，小心翼翼地说：

“请找钱吧。”

他恢复了常态，连连道歉说他找不开这张大票，不论我怎么说他也不接。他一个劲地打量那张大票，好像怎么看也饱不了眼福。可他就是战战兢兢地不敢碰它，就好像凡夫俗子一接那票子上的仙气就会折了寿。我说：

“不好意思，给您添麻烦了，可这事还得办哪。请您找钱吧，我没带别的票子。”

他却说没关系，这点小钱儿何足挂齿，日后再说吧。我说，我一时半会儿不会再到这儿来了。可他说那也不要紧，他可以等着，而且，我想什么时候来就什么时候来，想点什么就点什么，这账呢，想什么时候结就什么时候结。他说，我只不过因为好逗个乐子，愿意打扮成这样来跟老百姓开个玩笑，他总不至于因此就信不过像我这么有钱的先生吧。这时候又进来了一位顾客，小吃店老板哈里斯示意我收起那张巨无霸，然后作揖打躬地一直把我送了出来。我径直奔那所宅子去找两兄弟，让他们在警察把我抓起来之前纠正这个错误。尽管这不是我的错，可我还是提心吊胆——说实在的，简直是胆战心惊。我见人见得多了，我明白，要是他们发现把一百万镑的大钞错当一镑给了一个流浪汉，他们决不会怪自己眼神不好，非把那个流浪汉骂个狗血喷头。快走到那宅子的时候，我看到一切如常，断定还没有人发觉这错票的事，也就不那么紧张了。我摁了门铃。原先那个仆人又出来了。我求见那两位先生。

“他们走了。”他用这类人那种不可一世的冷冰冰的口气说。

“走了？去哪儿了？”

“出远门了。”

“可——上哪儿啦？”

“我想是去欧洲大陆了吧。”

“欧洲大陆？”

“没错，先生。”

“怎么走的——走的是哪条路呀？”

“我说不上，先生。”

“什么时候回来呢？”

“他们说，得一个月吧。”

“一个月！唉，这可糟了！帮忙想想办法，看怎么能给他们传个话。这事要紧着哪。”

“实在办不到。他们上哪儿了我一无所知，先生。”

“那，我一定要见这家的其他人。”

“其他人也走了；出国好几个月了——我想，是去埃及和印度了吧。”

“伙计，出了件大错特错的事。他们不到天黑就会转回来。请你告诉他们我来过，不把这事全办妥，我还会接着来，他们用不着担心。”

“只要他们回来我就转告，不过，我想他们不会回来。他们说过，不出一个钟头你就会来打听，我呢，一定要告诉你什么事都没出。等时候一到，他们自然会在这儿候着你。”

我只好打住，走开了。搞的什么鬼！我真是摸不着头脑。“等时候一到”他们会在这儿。这是什么意思？哦，没准那封信上说了。我把刚才忘了的那封信抽出来一看，信上是这样说的：

看面相可知，你是个又聪明、又诚实的人。我们猜，你很穷，是个外地人。你会在信封里找到一笔钱。这笔钱借你用三十天，不计利息。期满时来此宅通报。我们在你身上打了一个赌。假如我赢了，你可以在我的职权范围内随意择一职位——也就是说，你能证明自己熟悉和胜任的任何职位均可。

没落款，没地址，也没有日期。

好嘛，这真是一团乱麻！现在你当然明白这件事的前因后果，可当时我并不知道。这个谜洞对我来说深不可测、漆黑一团。这出把戏我全然不晓，也不知道对我是福还是祸。我来到一个公园坐下来，想理清头绪，看看我怎么办才好。

我经过一个小时的推理，得出了如下结论。

那两个人也许对我是好意，也许是歹意；无从推断——这且不去管它。他们是玩把戏，搞阴谋，做实验，还是搞其他勾当，无从推断——且不去管它。他们拿我打了一个赌；赌什么无从推断——也不去管它。这些确定不了的部分清理完毕，其他的事就看得见、摸得着、实实在在，可以归为确定无疑之类了。假如我要求英格兰银行把这钞票存入那人名下，银行会照办的，因为虽然我不知道他是谁，银行却会知道；不过银行会盘问钞票怎么会到了我手里。说真话，他们自然会送我去收容所；说假话，他们就会送我去拘留所。假如我拿这钞票随便到哪儿换钱，或者是靠它去借钱，后果也是一样。无论愿不愿意，我只能背着这个大包袱走来走去，直到那两个人回来。虽然这东西对我毫无用处，形同粪土，可是我却要一边乞讨度日，一边照管它，看护它。就算我想把它给人，也出不了手。因为不管是老实的良民还是剪径的大盗，无论如何都不会收，连碰都不会碰一下。那两兄弟可以高枕无忧了。就算我把他们的钞票丢了，烧了，他们依然平安无事，因为他们能挂失，银行照样让他们分文不缺。与此同时，我倒要受一个月的罪，没薪水，也不分红——除非我能帮着赢了那个赌，谋到那个许给我的职位。我当然愿得到这职位，这种人赏下来的无论什么职位都值得一干。

我对那份美差浮想联翩，期望值也开始上升。不用说，薪水绝不是个小数目。过一个月就要开始上班，从此我就会万事如意了。转眼间，我的自我感觉好极了。这时，我又在大街上逛了起来。看到一家服装店，一股热望涌上我的心头：甩掉这身破衣裳，给自己换一身体面的行头。我能买得起吗？不行；除了那一百万英镑，我在这世上一无所有。于是，我克制住自己，从服装店前走了过去。可是，不一会儿我又转了回来。那诱惑把我折磨得好苦。我在服装店前面来来回回走了足有六趟，以男子汉的气概奋勇抗争着。终于，我投降了；我只有投降。我问他们手头有没有顾客试过的不合身的衣服。我问的伙计没搭理我，只是朝另一个点点头。我向他点头示意的伙计走过去，那一个也不说话，又朝第三个人点点头，我朝第三个走过去，他说：

“这就来。”

我等着。他忙完了手头的事，把我带到后面的一个房间，在一摞退货当中翻了一通，给我挑出一套最寒酸的来。我换上了这套衣服。这衣服不合身，毫无魅力可言，可它总是新的，而我正急着要衣服穿呢。没什么可挑剔的，我迟迟疑疑地说：

“要是你们能等两天再结账。就帮了我的忙了。现在我一点零钱都没带。”

那店员端出一副刻薄至极的嘴脸说：

“哦，您没带零钱？说真的，我想您也没带。我以为像您这样的先生光会带大票子呢。”

我火了，说：

“朋友，对外地来的，你们不能总拿衣帽取人哪。这套衣服我买得起，就是不愿让你们找不开一张大票，添麻烦。”

他稍稍收敛了一点，可那种口气还是暴露无遗。他说：

“我可没成心出口伤人。不过，您要是出难题的话，我告诉您，您一张口就咬定我们找不开您带的什么票子，这可是多管闲事。正相反，我们找得开。”

我把那张钞票递给他，说：

“哦，那好；对不起了。”

他笑着接了过去，这是那种无处不在的笑容，笑里有皱，笑里带褶，一圈儿一圈儿的，就像往水池子里面扔了一块砖头。可是，只瞟了一眼钞票，他的笑容就凝固了，脸色大变，就像你在维苏威火山山麓那些平坎上看到的起起伏伏、像虫子爬似的凝固熔岩。我从来没见过谁的笑脸定格成如此这般的永恒状态。这家伙站在那儿捏着钞票，用这副架势定定地瞅。老板过来看到底出了什么事，他神采奕奕地发问：

“哎，怎么啦？有什么问题？想要点什么？”

我说：“什么问题也没有。我正等着找钱哪。”

“快点，快点；找给他钱，托德；找给他钱。”

托德反唇相讥：“找给他钱！说得轻巧，先生，自个儿看看吧，您哪。”

那老板看了一眼，低低地吹了一声动听的口哨，一头扎进那摞退货的衣服里乱翻起来。一边翻，一边不停唠叨，好像是自言自语：

“把一套拿不出手的衣服卖给一位非同寻常的百万富翁！托德这个傻瓜！——生就的傻瓜。老是这个样子。把一个个百万富翁都气走了，就因为他分不清谁是百万富翁，谁是流浪汉，从来就没分清过。啊，我找的就是这件。先生，请您把这些东西脱了，都扔到火里头去。您赏我一个脸，穿上这件衬衫和这身套装；合适，太合适了——简洁、考究、庄重，完全是王公贵族的气派；这是给一位外国亲王定做的——先生可能认识，就是尊敬的哈利法克斯·赫斯庞达尔殿下；他把这套衣眼放在这儿，又做了一套丧眼，因为他母亲快不行了——可后来又没有死。不过这没关系；事情哪能老按咱们——这个，老按他们——嘿！裤子正好，正合您的身，先生；再试试马甲；啊哈，也合适！再穿上外衣——上帝！看看，喏！绝了——真是绝了！我干了一辈子还没见过这么漂亮的衣服哪！”

我表示满意。

“您圣明，先生，圣明。我敢说，这套衣裳还能先顶一阵儿。不过，您等着，瞧我们按您自个儿的尺码给您做衣裳。快，托德，拿本子和笔，我说你记。裤长三十二英寸——”

如此等等。还没等我插一句嘴，他已经量完了，正在吩咐做晚礼服、晨礼服、衬衫以及各色各样的衣服。我插了一个空子说：

“亲爱的先生，我不能定做这些衣服，除非您能不定结账的日子，要不然就得给我换开这张钞票。”

“不定日子！这不像话，先生，不像话。是永远——这才像话呢，先生。托德，赶紧把这些衣眼做出来，一刻也别耽搁，送到这位先生的府上去。让那些个不要紧的顾客等着。把这位先生的地址记下来，再——”

“我就要搬家了。我什么时候来再留新地址。”

“您圣明，先生，您圣明。稍等——我送送您，先生。好——您走好，先生，您走好。”

喏，往后的事你心里明白了吧？我顺其自然，想买什么就买什么，买完了，吆喝一声“找钱！”不出一个星期，我把所需的各色安享尊荣的行头统统置办齐备，在汉诺威广场一家价格不菲的旅馆安顿下来。我在那儿用晚餐，可早晨还是到哈里斯家的小吃店去吃个便饭，我就是在那儿靠一百万英镑的钞票吃的头一顿饭。是我成全了哈里斯。消息传开了，说马甲口袋里揣着百万大钞的古怪老外是这儿的财神爷。这就够了。这原本是一家穷得丁当响、苦巴苦结勉强糊口的小吃店，现在名声大振、顾客盈门了。哈里斯感激不尽，非要借钱给我，还不许我推辞。于是，我虽然一贫如洗，囊中却并不羞涩，日子过得又阔气，又排场。我心里也在打鼓，想着说不定哪天就会露馅，可是，事已至此也只有一往无前了。你看，这本来纯粹是件胡闹的事，可有了这种危机感，竟显出几分严肃、几分伤感和几分悲哀来。夜幕降临后，这悲哀总是在黑暗中走上前来警告我，威胁我；让我唉声叹气，辗转反侧，夜不能寐。然而，一到喜气洋洋的白天，这些悲剧因素就烟消云散，无影无踪了。我飘飘然，乐得晕头转向，像喝醉了酒一样。

说来也不足为奇；我已经成了这个世界大都会的显赫人物，我的思想何止是一星半点，简直是彻头彻尾地改造了。不管你翻开哪份报纸，无论是英格兰的，苏格兰的，还是爱尔兰的，你总会看到一两条有关“身藏百万英镑者”及其最新言行的消息。刚开始的时候，这些有关我的消息放在杂谈栏的尾巴上；接着我的位置就超过了各位爵士。后来盖过了二等男爵，再往后又凌驾于男爵之上了。如此这般，我的位置越升越高，名气也越来越响，直到无法再高的地方才停了下来。这时候，我已经居于皇室之下和众公爵之上；虽然比不上全英大主教，但足可俯瞰除他以外的一切神职人员。切记，直到这时，我还算不上有声望，只能说是有了名气。就在这时，高潮突起——就像封侯拜将一般——刹那间，我那过眼烟云似的名气化作了天长地久的金子般的声望：《笨拙》画刊登了我的漫画！是啊，如今我已经功成名就，站稳脚跟了。也许还有人调侃，可都透着尊重，既没出格，也不粗鲁；也许还有人发笑，却没有人嘲笑了。那样的日子已经过去。《笨拙》把我画得衣服都开了线，正跟一个伦敦塔的卫兵讨价还价。喏，你可以想见一个向来默默无闻的小伙子，突然间，他的每一句只言片语都会到处传扬；随便走到哪里，都能听见人们相互转告：“那个走路的，就是他！”吃早饭时一直有人围得里三层外三层；在包厢一露面，成百上千的望远镜都齐刷刷地瞄了过去。嘿，我一天到晚出尽了风头——也可以说是独领风骚吧。

你看，我还留着那套破衣服呢，时不时地穿出去，为的是品味一下从前那种乐趣：先买点儿小东西，接着受一肚子气，最后用那张百万大钞把势利眼毙掉。可是，我的这种乐趣维持不下去了。画刊上把我的那套行头弄得尽人皆知，只要我穿着它一上街，就有一大群人跟在屁股后面。我刚想买东西，还没来得及拽出那张百万大钞，老板就已经要把整个铺子都赊给我了。

出了名以后的大约十天左右，我去拜会美国公使，想为祖国效一点儿犬马之劳。他用对我这种身份的人恰如其分的热情接待了我，批评我为祖国效力姗姗来迟。公使说当天晚上他正要宴客，刚好有一位嘉宾因病缺席，我只有补这位嘉宾的缺，才能获得公使的原谅。我应允之后，就和公使聊天。一说起来，原来他和我爸爸从小同学，后来又在耶鲁大学同窗就读；一直到我爸爸去世，他俩都是贴心朋友。因此，他吩咐我只要得闲，就来他府上走动走动；我当然愿意啦。

说真的，岂止愿意，我简直就是高兴。因为假如将来有个三长两短的，他也许能救我，让我免受灭顶之灾。他究竟怎么救我我不知道，不过他也许能想出办法来。事情已经到了这个地步，我已经不能冒险把自己的底细向他和盘托出；要是在这段伦敦奇遇一开场时就碰上他，我会马上说清楚。不行，现在我不敢说；我陷得太深了，深到不敢对刚结识的朋友说真话；不过，依我自己看来，也还没有深到完全没顶的地步。你知道，这是因为我小心不让全部外债超过我的支付能力——也就是说，不超过我的那份薪水。我当然不知道那份薪水到底有多少，不过有一点我有把握、也可以想见：

假如我帮忙把这个赌打赢了，我就能在那位大亨的职权范围里任意选择一个职位，只要我干得了就行——我当然干得了啦；这一点我根本不怀疑。说到他们打的那个赌，我才不操心呢；我想必运气不错。至于薪水，我想年薪总会有六百到一千英镑。即使第一年只拿六百英镑，以后每过一年就要加薪，到我的能力得到证实的时候，薪水总能加到一千英镑了吧。尽管谁都想借给我钱，我却找出各种各样的借口婉言谢绝了一大部分。这样我欠的债只有借来的三百英镑现款，再加上拖欠的三百英镑生活费和赊的东西。我相信，只要我依旧小心节俭，靠我下一年度的薪水就能补上这剩余日子的亏空。何况我真是格外小心，从不大手大脚。只等这个月到头，我的老板回来，就万事大吉了。那时，我就可以马上用头两年的薪水分头向各位债主还账，也就能立即开始工作了。

当天的宴会妙不可言，席上一共有十四个人。绍勒迪希公爵和公爵夫人以及他们的女儿安妮－格蕾丝－爱莲诺－赛来斯特－还有一串什么什么德·波鸿女士，纽格特伯爵和伯爵夫人，契普赛德子爵，布拉瑟斯凯特爵士和夫人，公使以及他的夫人和女儿，还有公使女儿的朋友、二十二岁的英国姑娘波蒂娅·朗姆。没出两分钟，我就爱上了她，她也爱上了我——这一点我不戴眼镜也看得出来。另外还有一位美国客人——我这故事讲得有点儿超前了。这些人正在客厅里等着，一边吊胃口，一边冷眼旁观后到的客人。这时仆人来报：

“劳埃德·赫斯廷斯先生到。”

老一套的寒暄过后，赫斯廷斯瞧见了我，诚心诚意地伸出手，径直朝我走了过来；手还没握上，他忽然停了下来，不好意思地说：

“对不起，先生，我还以为咱们认识呢。”

“怎么，您当然认识我啦，老朋友。”

“不。难道您就是——是——”

“腰缠万贯的怪物吗？对，就是我。你别害怕喊我的外号，我听惯了。”

“嗨嗨嗨，这可真没想到。有几次我看到你的名字和这个外号放在一块，我从来没想过他们说的那个亨利·亚当斯会是你。怎么？刚刚半年以前，你还在旧金山给布莱克·霍普金斯打工，为了挣点加班费经常开夜车，帮我整理核查古尔德和加利矿业公司的招股文件和统计数字呢。真没想到你会到了伦敦，成了百万富翁、当了名人了！好嘛，这可真是把天方夜谭重演了一遍。伙计，我一下还转不过弯子来，没弄明白；容我点时间来理理脑袋里头这一团乱麻。”

“可是明摆着，你比我混得也不赖呀。我自己也弄不明白。”

“好家伙，这真是万万没有想到的事，是吧？哎，咱俩上矿工饭馆才不过是三个月以前的事呢——”

“不对，是上快活林。”

“没错，是快活林；是过半夜两点钟去的，咱们赶那些增资文件用了六个钟头，然后到那儿去啃了块肉骨头，喝了杯咖啡，那时我想劝你跟我一起来伦敦，还主动要替你去请长假，外带为你出全部路费，只要那笔生意做成了，再给你好处。可是你不听我的，说我成不了，说你的工作断不得，一断，再回去的时候就接不上茬了。可是如今你却到这儿来了。稀奇稀奇！你是怎么来的，你这种不可思议的地位到底是怎么得来的呢？”

“啊，纯系偶然。说来可就话长了——怎么说来着？简直是一篇传奇。我会原原本本告诉你，不过现在不行。”

“什么时候？”

“这个月底。”

“那还得半个月呢。对一个好奇的人来说，这胃口吊得可太过分了。就一个星期吧。”

“不行。慢慢你就知道到底是为什么了。接着说，你的生意怎么样了？”

他的精神头马上烟消云散，叹了一口气说：

“你说得可真准，亨利，说得真准。我要不来才好呢。我不想提这件事。”

“你不讲可不行。今天咱们走的时候，你一定要跟我走，到我那儿去呆一夜，把事情都讲给我听。”

“啊，让我说？你这话当真？”

“不错，我要从头到尾地听，一个字也别落下。”

“太谢谢你啦！我在这儿混到这个地步，不成想又碰到有人用言辞、用眼神关心我、关心我的事了——上帝！就为这个，你该受我一拜！”

他用力握住我的手，精神振作起来，此后就心境坦然。高高兴兴地准备参加那场还没开始的宴会了。不成，又出老毛病了——在荒唐、可恨的英国体制下，这种问题总要发生——座次问题解决不了，饭就开不成。英国人出外赴宴的时候，总是先吃了饭再去，因为他们知道风险何在；可是并没有人告诫外来的客人，这些外来客就只有自讨苦吃了。当然，这一次没人吃苦，因为大家都赴过宴，除了赫斯廷斯以外都是老手。而赫斯廷斯自己在接到邀请时也听公使说过：为了尊重英国人的习惯，他根本就没有备正餐。每个人都挽着一位女士，鱼贯进入餐厅，因为通常都是这么干的；然而，争议就此开始了。绍勒迪希公爵想出人头地，要坐首席，他说他的地位高过公使，因为公使只是一个国家、而不是一个王朝的代表；可是我坚持自己的权利，不肯让步。在杂谈栏里，我的位置高过皇室成员以外的所有公爵，据此我要求坐那个位子。我们各显神通争执了一番，解决不了问题；最后他不明智地想炫耀自己的出身和先人，我算清他的王牌是征服者威廉，就拿亚当来对付他，说我是亚当的直系后代，有姓为证；而他只不过是旁支，不光有姓为证，还能从他并非悠久的诺曼人血统看得出来。于是我们大家又鱼贯回到客厅，在那儿站着吃——端着沙丁鱼碟子和草莓，自己凑对，就这样站着吃。在这里座次问题没有那么严重；两位地位最高的客人掷硬币猜先，赢的先吃草莓，输的得那枚硬币。地位次之的两个接着猜，然后又是以下两位，依此类推。用完小吃以后，搬过桌子来打牌，我们打克利比，一把六便士的彩。英国人从来不为玩而玩，假如不赢点什么、输点什么——至于输赢什么倒无所谓——他们决不玩。

我们度过了一段美妙的时光；当然说的是我们——朗姆小姐和我。我让她闹得魂不守舍，只要手里的牌超过两顺，我就数不清楚了，自己的分已经到了顶也看不出来，又接着从旁边的一排插起；这样打下去本来是把把必输，幸好那姑娘彼此彼此，和我的情况一模一样，你明白吗？于是我们两个人的得分总是到不了顶，分不出个输赢来，俩人都不在乎、也不想想这到底是怎么回事。我们只觉得彼此都很快活，其余的我们统统不闻不问，也不愿意让人搅了兴头。于是我告诉她——我真那样做了——告诉她我爱她。她呢——嘿，她臊得连头发根都红了，不过她喜欢着呢；她是说了，她喜欢。啊，我何曾经历过如此美妙的夜晚！每打完一把，我算分的时候，总要添油加醋，要是她算分，也心照不宣地和我一样数牌。喏，就算我说“跟两张牌”这句话，也得加上一句“哇，你真好看！”她呢，一边说“十五得两分，十五得四分，十五得六分，还有一对得八分，八分就算十六分，”一边问：“你算算对不对？”——她的眼睛在睫毛后头瞟着我，你是不知道：那么温柔，那么可爱。哎呀，真是太妙了！

不过，我对她可是襟怀坦白，光明正大。我告诉她，我连一个小钱都没有，就有一张她听说过的、被炒得沸沸扬扬的百万大钞，而且，那张大钞还不是我的，这让她非常好奇；我就悄悄地把前因后果统统给她说了一遍，把她笑了个半死。我搞不清楚她到底笑的是什么，反正她就是一个劲儿地咯咯咯直笑。隔半分钟，就有什么新的情节让她觉得可乐，于是我只好住嘴，给她平静下来的机会。嘿，她都快把自己笑傻了——她真是这样；我还从来没见过这样笑的。我是说从来没见过一个痛苦的故事——一个人的烦恼、焦急和担心——竟然制造出这样的效果。看到她在没什么高兴事的时候居然还能这么高兴，我对她的爱就愈发不可收拾了。你瞧，按那时的情况来看，也许我马上就用得着这么一位太太哪。当然我也告诉她，我们还得等两年，等到我用自己的薪水补上亏空的时候；不过她倒不在乎这些，只盼着我能在开支问题上尽量当心，别让我们第三年的花销有哪怕是一星半点的风险。接着，她开始有点担心了，她想知道我有没有搞错，把头一年起薪估计过高，高出我实得的数目。这话言之有理，让我把原来十足的自信略减了半成；同时，也启发我想出了一个好主意，我就直说了：

"我亲爱的波蒂娜，到了我和两位老先生见面的那一天，你愿跟我一起去吗？"

她略微有点迟疑，不过还是说：

"只要我去能让你踏实一点，我愿、愿意。可是——你觉得这样合适吗？"

"我也不知道合不合适——我也担心这不大合适。不过，你知道，你去不去关系可大着呢，所——"

"那就别管合不合适，我去就是了，"她用一种可爱的巾帼豪杰的口吻说，"啊，一想到能帮你点儿忙，我太高兴了！"

"亲爱的，怎么是帮点儿忙？嘿，这事全靠你了。你这么漂亮，这么可爱，这么迷人，有你和我一起去，我准能把薪水提得高高的，让那两个好好老先生倾了家，荡了产，还心甘情愿。"

哦！你是没见到她当时的样子：满脸春色，眼睛幸福得闪闪发亮！

"讨厌鬼，光会说好听的！你连半句实话都没有，别管怎么样，我还是跟你一起去。也许这能给你个教训：别指望你怎么看人，人家就怎么看你。"

我心中的疑云一扫而空了吗？我重又信心十足了吗？你可以根据这件事来判断：我当时就私下把头一年的薪水提高到一千二百英镑。不过我没告诉他：我要留着这件事给她一个惊喜。

回家时我一路上像踩着棉花一样，赫斯廷斯说的话，一句都没钻进我耳朵里头去。直到赫斯廷斯跟着进了我的客厅，对应有尽有、豪华舒适的陈设赞不绝口的时候，我才清醒过来。

“让我在这儿站会儿，饱饱眼福。好家伙！这是宫殿呀——就是宫殿！想要什么，就有什么，暖融融的炭火，连晚餐都备好了。亨利，这不光让我明白了你到底有多阔；还让我彻头彻尾地明白了我自个儿到底有多穷——穷极了，惨透了，废物，没出路，没盼头了！”

天杀的！这一说让我打了个寒噤。他的话让我如梦初醒，我认识到自己是站在半寸厚的地壳上，下面就是火山口。我本来不知道自己是在做梦，——也就是说，我没容自己抽出时间来闹个明白。可是如今——乖乖！欠了一屁股债，一文不名，把一个姑娘的吉凶祸福攥在手心里。我自己却还前途未卜，只有一份也许是画饼充饥的薪水——唉，也许根本——就兑不了现！唉唉唉！我算是毁了，没有希望，没救了！

“亨利，你每天的收入只要漫不经心地散那么一星半点的，就可以——”

“哼，我每天的收入！来，喝了这杯热酒，打起精神头来。咱们干一杯吧！啊，不行——你还饿着哪；坐下，来——”

“我没觉得饿，饿过劲了。这些天我一直吃不下。不过，我一定陪你喝个够，喝到趴下为止。干！”

“一人一杯，我奉陪！准备好了？一起干！劳埃德，我一边兑酒，你一边讲讲你那点事。”

“讲一讲？怎么，再说一回？”

“再说？这是什么意思？”

“嗨，我是说，你想从头到尾再听一遍？”

“我想再听一遍？这可把我闹迷糊了。等等，你别再灌这黄汤了。你不能再喝了。”

“嗨嗨，亨利，你吓着我了。到这儿来的路上我不是把什么都对你说了吗？”

“你？’，

“是啊，我。”

“我要是听见了一个字，我就不得好死。”

“亨利，这事可严重了。别折腾我了。刚才在公使那里你到底搞什么鬼来着？”

这时我才恍然大悟，我敢作敢当，也就实话实说了。

“我把世界上最可爱的姑娘俘虏了！”

于是他冲了过来跟我握手，握呀，握呀，握得手都疼了。我们走了三英里路，他讲了一路故事．这故事我一句也没听见；这件事他不怪我了。接着，这个不急不躁的老好人坐下来，又把故事从头讲起。长话短说，他的经历大致如下：他来到英国时，本来以为遍地都是机会；他做了古尔德和加利矿业公司招股的代理，为勘探商出售开采权，超出一百万的部分全部归他。他竭尽全力，用上了全部关系，试遍了一切光明正大的手段，差不多花光了所有的钱，可是，没找到一个资本家愿听他的游说，而他的代理权这个月底就要到期了，他算是完了。说到这里，他跳起来大声嚷嚷着：

“亨利，你能救我！你能救我，这世界上能救我的只有你了。你愿意拉我一把吗？你拉不拉？”

“告诉我能帮你干什么。照直说，伙计。”

“给我一百万，外加回家的路费，换我的‘代理权’！别，你可别拒绝！”

我有苦说不出。一句话已经到了嘴边——劳埃德，我自己也是个要饭的——连一个小钱也没有，还欠着债。可是，

这时我脑子里电光石火般闪出一个念头来。我咬紧牙关，极力让自己冷静下来，直到冷静得像一个资本家。我用生意人沉着镇定的口气说：

“劳埃德，我拉你一把——”

“那我就已经有救了！上帝永远保佑你！有朝一日——”

“劳埃德，让我说完。我要拉你一把，可不是那样拉。你吃了这么多苦，冒了这么多风险，那样办对你来说不公平。我用不着买矿山。在伦敦这样的商务中心，我用不着那样做也能赚钱。过去、现在我都不干这样的生意。不过，我有一个办法。我对那座矿山的事情自然了如指掌；我知道那座矿山很有价值，为了它，谁让我赌咒发誓都成。你可以随意用我的名义去推销，在两三个星期里头就能卖得三百万现款，我们来对半分好了。”

你不知道，当时要不是我下了个绊，再把他绑起来的话，他定会在那阵狂喜中把我的家具都踩成劈柴，把坛坛罐罐全都打个稀巴烂。

后来，他说：

“我可以用你的名义！你的名义——那还了得！嘿，这些伦敦阔佬准会成群结队地往这儿赶，为了认购股份非打起来不可！我赚了，我发了，今生今世我永远忘不了你！”

没过二十四小时，伦敦城就开了锅！我每天不干别的事，只是坐在屋里对来打听的人说：

“没错，是我对他说的，有人问就来找我。我知道这个人，也知道这座矿山。他的人品无可挑剔，那矿山比他要的价、值钱多啦。”

与此同时，我每天晚上都在公使府上陪着波蒂娅。矿山的事我对她只字未提；我留着这事给她一个惊喜。我们谈那笔薪水；除了薪水和爱情一切免谈；有时谈谈爱情，有时谈谈薪水，有时候两者兼谈。啊！那公使夫人和公使千金对我们的体贴无微不至，总是想方设法不让我们受打扰，只瞒着公使一个人，让他毫不疑心——你瞧，她们有多可爱呀！

终于到了那个月的月底，我在伦敦国民银行的户头上已经有了一百万块钱，赫斯廷斯的钱数也是一样。当我穿着自己最体面的衣服，驱车经过波特兰大道那所宅子时，根据种种迹象判断，我的那两个家伙又回来了。我到公使府上接了我最亲爱的人，一边往回赶，一边起劲地谈论薪水的事。激动外加着急，使她显得分外妖娆。我说：

"亲爱的，凭你现在的模样，我要的薪水比三千英镑少一个子儿都是罪过。"

"亨利，亨利，你可别毁了咱们哪！"

"你别怕。把这模样保持住，瞧我的吧。准保万事大吉。"

结果，这一路上反倒要我来一个劲地唱高调给她打气，她却一个劲地给我泼冷水；她说：

"哎，请你记住，假如咱们要价太高了，也许一点儿薪水都捞不着；那时候咱们可怎么办呢，岂不是走投无路，没有生计了吗？"

还是那个仆人把我们领了进去，那两位老先生都在，看见有个尤物跟着我，他们很惊奇，可是我说：

"这算不了什么，先生们；她是我日后的主心骨和帮手。"

于是我把他们介绍给她，提到他们时，都是直呼其名。他们对此倒是见怪不怪，因为他们知道我一定查过姓名录。他们让了座，对我极为客气，并且热情地消除波蒂娅的局促感，让她尽可能放松。这时我说：

“先生们，我准备报告了。”

“我们很高兴听你的报告，”我的那位先生说，“这样我哥哥亚贝尔和我打的赌就能见分晓了。你如果让我赢了，就可以在我的职权范围内得到一个职位。你拿来那张一百万英镑的钞票了吗？”

“在这儿，先生，”我把钞票交给了他。

“我赢了！”他拍着亚贝尔的后背喊了起来。“哥哥，如今你还有什么可说的？”

“我只好说，他真活下来了，我输了两万英镑。我真不敢相信。”

“还有一事禀报，”我说，“这可就说来话长了。我请你们允许我再来一趟，详详细细地说说我这一个月的经历，我保证这值得一听。还有，瞧瞧这个。”

“什么，好家伙！二十万英镑的存单。难道这是你的不成？”

“是我的。我在三十天之内活用了阁下那笔小小的贷款，赚了这笔钱。至于这大钞本身，我只靠它买过小吃，付账让他们找零钱的时候用。”

“嗬，这太了不起了，简直是匪夷所思，小伙子！”

“没问题，我全都有根有据。别以为我说的都是天方夜谭。”

然而，这时轮到波蒂娅大吃一惊了。她眼睛睁得大大地说：

“亨利，这真是你的钱吗？这些天你一直瞒着我？”

“我确实瞒着你呢，亲爱的。不过，我想你会原谅我。”

她噘起上嘴唇，说：

“别太肯定哦。你这个淘气鬼，敢这么骗我！”

“啊，一会儿就过去了，心肝儿，一会儿就过去了。你明白吗，就是为了好玩。好了，咱们接着说吧。”

“且慢，且慢！还有，那个职位呢。我得给你那个职位。”我的那位先生说。

“好吧，”我说，“我不胜感激。不过，我真是用不着再找那份差事啦。”

“在我的职权范围之内，你可以选一个顶好的职位。”

“谢谢，谢谢，我衷心感谢。不过，再好的职位我也不想要啦。”

“亨利，我都替你不好意思了。别辜负了这位好先生的美意，要我替你来表示谢意吗？”

“当然可以啦，亲爱的，只要你能做得更出色。看你的啦。”

她走到我的那位先生跟前，倚到他怀里，拿起他的胳膊搂住自己的脖子，对着他的嘴唇照直亲了起来。那两位先生哈哈大笑，我却不知所措，简直是傻了。波蒂娅说：

“爸爸，他说在您的职权范围内没有他想要的职位，我真伤心，就好像——”

“我的宝贝，他是你爸爸？”

“对，他是我的继父，是全世界有史以来最好的。在公使家里时你还不知道我的家世，当时你告诉我，我爸爸和亚贝尔伯伯的花样让你多么烦恼，多么担心；现在你明白我当时为什么笑了吧。”

这样一来，我自然实话实说，不再闹着玩了。我直奔主题，说：

“噢，最亲爱的先生，我想把刚才说的话收回来。您确实有个待聘的职位，我想应聘。”

“说说是哪一个职位。”

“女婿。”

“哈，哈，哈！可是你知道，你既然没干过这份差事，显然你也不具备满足我们约定条件所需的长处，所以——”

“让我试试——啊，一定让我试试，我求您了！只要让我试三四十年就行，假如——”

“噢，好，好吧；这也不是什么大不了的要求，带她走好了。”

你说我们俩高不高兴？翻遍了全本的词典也凑不够词来形容啊。一两天之后，当伦敦人得知我和百万大钞一个月里的奇遇始末以后，他们是不是兴致勃勃大聊了一通呢？正是如此。

我的波蒂娅的爸爸把那张肯帮忙而且好客的大钞送回英格兰银行兑了现；银行随后注销那张钞票并作为礼物赠给了他；他又把钞票在婚礼上送给了我们。从那以后，那张大钞镶了镜框，一直挂在我们家最神圣的位置上。是它给我送来了我的波蒂娅。要不是有了它，我哪能留在伦敦，哪能到公使家做客呢，更不要说遇上她了。所以我总是对客人说：“不错，您没看走眼，这是一百万英镑；可这东西自从出世以来只用了一次，就再没花过；后来，我只出了大约十分之一的价钱，就把这东西弄到手了。”

# 狗的自述

## 一

我的父亲是个“圣伯尔纳种”[①]，我的母亲是个“柯利种”[②]，可是我是个“长老会教友”[③]。我母亲是这样给我说的。这些微妙的区别我自己并不知道。在我看起来，这些名称都不过是些派头十足可是毫无意义的字眼。我母亲很爱这一套。她喜欢说这些，还喜欢看看别的狗显出惊讶和忌妒的神气，好像在惊讶她为什么受过这么多教育似的。可是这其实并不是什么真正的教育，不过是故意卖弄罢了：她是在吃饭的屋子里和会客室里有人谈话的时候在旁边听，又和孩子们到主日学校去，在那儿听，才把这些名词学会的。每逢她听到了一些深奥的字眼，她就翻来覆去地背好几遍，所以她能把它们记住。等后来在附近一带开起讲学问的会来，她就把它们搬出来唬人，叫别的狗通通吃一惊，而且不好受。从小狗儿一直到猛狗都让她唬住了，这就使她没有枉费那一番心血。要是有外人，差不多一定要怀疑起来，并在大吃一惊、喘过气来之后，就要问她那是什么意思。她每次都答复人家，这是他绝没有料得到的。原来他以为可以把她难住，所以她给他解释之后，他反而显得很难为情，虽然他原来还以为难为情的会是她。其他的狗都等着这个结局，而且很高兴，很替她得意，因为他们都有过经验，早知道结局会是怎样。

她把一串深奥字眼的意思告诉人家的时候，大家都羡慕得要命，随便哪只狗也不会想到怀疑这个解释究竟对不对。这也是很自然的，因为第一呢。她回答得非常快，就好像是字典说起话来了似的。还有呢，他们上哪儿去弄得清楚这究竟对不对呀？因为有教养的狗就只有她一个，后来我长大一些的时候，有一次她把“缺乏智力”这几个字记熟了，并且在整整一个星期里的各种集会上拼命地卖弄，使人很难受、很丧气。就是那一次，我发现在那一个星期之内，她在八个不同的集会上被人问到这几个字的意思，每次她都冲口而出地说了一个新的解释，这就使我看出了她与其说是有学问，还不如说是沉得住气，不过我当然并没有说什么。

她有一个名词经常现成地挂在嘴上，像个救命圈似的，用来应付紧急关头；有时候猛不提防她有了被冲下船去的危险，她就把它套在身上——那就是“同义词”这个名词。当她碰巧搬出几个星期以前卖弄过的一串深奥的字眼来，可是她把原来准备的解释忘到九霄云外去了的时候，要是有个生客在场，那当然就要被她弄得头昏眼花，过一两分钟之后才清醒过来，这时候她可是调转了方向，又顺着风往另外一段路程上飘出去了，料不到会有什么问题；所以客人忽然招呼她，请她解释解释的时候，我就看得出她的帆篷松了一会儿劲（我是唯一明白她那套把戏的底细的狗）——可是那也只耽搁了一会儿——然后马上就鼓起了风帆，鼓得满满的。她就像夏天那样平静地说道：“那是‘额外工作’的同义词”，或是说出与此类似的吓坏人的一长串字，说罢就逍遥自在地走开，轻飘飘地又赶另一段路程去了。她简直是非常称心如意，你知道吧，她把那位生客摔在那儿，显得土头土脑、狼狈不堪。那些内行就一致把尾巴在地板上敲，他们脸上也改变了神气，显出一副欢天喜地的样子。

关于成语也是一样。要是有什么特别好听的成语，她就带回一整句来，卖弄六个晚上、两个白天。每次都用一种新的说法解释它——她也不得不这么办，因为她所注意的只是那句成语；至于那是什么意思，她可不大在乎，而且她也知道那些狗反正没有什么脑筋，抓不着她的错。咳，她才真是个了不起的角色哩！她这一套弄得非常拿手，所以她一点也不担心。她对于那些糊涂虫的无知无识，是有十分把握的。她甚至还把她听到这家人和吃饭的客人说得哈哈大笑的小故事也记住一些；可是照例她老是把一个笑话里面的精彩地方胡凑到另外一个里面去，而且当然是凑得并不合适，简直莫名其妙。她说到这种地方的时候，就倒在地板上打滚，大笑大叫，就像发了疯似的。可是我看得出她自己也不明白为什么她说的并不像她当初听见人家说的时候那么有趣。不过这并不要紧；别的狗也都打起滚来，并且汪汪大叫，个个心里都暗自为了没有听懂而害臊，根本就不会猜想到过错不在他们，而是谁也看不出这里面的毛病。

从这些事情，你可以知道她是个相当爱面子和不老实的角色；可是她还是有些长处，我觉得那是足以与她的缺点相抵的。她的心眼儿很好，态度也很文雅。人家有什么对不住她的事，她从来就不记恨，老是随随便便不把它放在心上，一下子就忘了。她还教她的孩子们学她那种好脾气，我们还从她那儿学会了在危急的时候表现得勇敢和敏捷，决不逃跑，无论是朋友或是生人遭到了危险，我们都要大胆地承担下来，尽力帮助人家，根本不考虑自己要付出多大的代价。而且她教我们还不是光凭嘴说，而是自己做出榜样来，这是最好的办法，最有把握，最经得久。啊，她干的那些勇敢的事和漂亮的事可真了不起！她真能算是一个勇士；而且她还非常谦虚——总而言之，你不能不佩服她，你也不能不学她的榜样；哪怕是一只“查理士王种”的长耳狗和她在一起，也不能老是完全瞧不起她。所以，您也知道，她除了有教养以外，还是有些别的长处哩。

## 二

后来我长大了的时候，我就被人卖了，让别人带走，从此以后就再也没有看见她了。她很伤心，我也是一样，我们俩都哭了。可是她极力安慰我，说是我们生到这个世界上来是为了一个聪明和高尚的目的，必须好好地尽我们的责任，决不要发牢骚。我们碰到什么日子就过什么日子，要尽量顾到别人的利益，不管结果怎样；那不是归我们管的事情。她说凡是喜欢这么办的人将来在另外一个世界里一定会得到光荣和漂亮的报酬。我们禽兽虽然不到那儿去，可是规规矩矩过日子，多做些好事情，不图报酬，还是可以使我们短短的生命很体面和有价值，这本身就可以算是一种报酬。这些道理是她跟随孩子们到主日学校去的时候随时听到的，她很用心地通通记在心里，比她记那些字和成语都更加认真。而且她还下了很深的工夫研究过这些道理，为的是对她自己和对我们都有好处。你可以从这儿看得出她脑子里虽然有些轻浮和虚荣的成分，究竟还是聪明和肯用心思的。

于是我们就互相告别，含着眼泪彼此最后看了一眼。她最后嘱咐我的一句话——我想她是特意留在最后说的，好叫我记得清楚一些——是这样的：“为了纪念我，如果别人遇到危险的时候，你就不要想到自己；你要想到你的母亲，照她的办法行事。”

你想我会忘记这句话吗？不会的。

## 三

那真是个有趣的家呀！——我那新的家。房子又好又大，还有许多图画和精巧的装饰，讲究的家具，根本没有阴暗的地方。处处的五颜六色都有充分的阳光照得非常鲜亮。周围还有很宽敞的空地，还有个大花园——啊，那一大片草坪，那些高大的树，那些花，说不完！我在那儿就好像是这一家人里面的一分子。他们都爱我，把我当成宝贝，而且并没有给我取个新名字，还是用我原来的名字叫我。这个名字是我母亲给我取的——爱莲·麦弗宁——所以我觉得这个名字特别亲切。她是从一首歌里找出来的，格莱夫妇也知道这首歌，他们说这个名字很漂亮。

格莱太太有三十岁。她非常漂亮、非常可爱，那样子你简直想象不出。莎第十岁，正像她妈妈一样，简直是照她的模样做出来的一份苗条可爱的仿制品。背上垂着赭色的辫子，身上穿着短短的上衣。小男孩才一周岁，长得胖胖的，脸上有酒窝；他很喜欢我，老爱拉我的尾巴，抱我，并且还哈哈大笑地表示他那天真烂漫的快乐，简直没有个够。格莱先生三十八岁，高个子，细长身材，长得很漂亮：头前面有点秃，人很机警，动作灵活，一本正经。办事迅速果断，不感情用事。他那副收拾得整整齐齐的脸简直就在闪耀着冷冰冰智慧的光！他是一位有名的科学家。我不知道科学家是什么意思，可是我母亲一定知道这个名词怎么用法，知道怎么去卖弄它，叫别人佩服。她会知道怎么去拿它叫一只捉耗子的小狗听了垂头丧气，把一只哈巴狗吓得后悔它不该来。可是这个名词还不是最好的；最好的名词是实验室。要有一个实验室肯把所有的狗脖子上拴着缴税牌的颈圈都取下来，我母亲就可以组织一个机构来办这么一个实验室。实验室并不是一本书，也不是一张图画，也不是洗手的地方——大学校长的狗说是这么回事。可是他说得不对，那叫做盥洗室。实验室是大有区别的，那里面搁满了罐子、瓶子、电器、五金丝和稀奇古怪的机器。每个星期都有别的科学家到那儿来，坐在那地方，用那些机器。大家还讨论，还做他们所谓什么试验和发现。我也常常到这儿来，站在旁边听，很想学点东西，为了我母亲，为了好好地纪念她，虽然这对我是件痛苦的事。因为我体会到她一辈子耗费了多少精伸，而我可一点也学不到什么；无论我怎么努力，我听来听去，根本就一点也听不出所以然来。

平时我躺在女主人工作室的地板上睡觉，她温柔地把我用来当作一条垫脚凳。知道这是使我高兴的，因为这也是一种抚爱。有时候我在育儿室里呆上个把钟头，让孩子们把我的毛发弄得乱蓬蓬的，使我很快活。有时候小男孩睡着了，保姆为了小男孩的事情出去几分钟，我就在小男孩的小床旁边看守一会。有时候我在空地上和花园里跟莎第乱跳乱跑一阵，一直玩到我们都筋疲力尽，然后我就在树阴底下的草地上舒舒服服地睡觉，同时她在那儿看书。有时候我到邻居的狗那儿去拜访拜访他们——因为有几只非常好玩的狗离我们不远。其中有一只很漂亮、很客气、很文雅的狗；他是一只卷毛的“爱尔兰种”猎狗，名字叫做罗宾·阿代尔，他也和我一样，是个“长老会教友”，他的主人是个当牧师的苏格兰人。

我所在地那个人家的仆人都对我很和气，而且很喜欢我，所以，你也看得出，我的生活是很愉快的。天下再不会有比我更快活、更知道感恩图报的狗了。我要给自己说这种话，因为这不过是说的事实：我极力循规蹈矩，多做正经事，不辜负我母亲的慈爱和教训，尽量换取我所得到的快乐。

不久我就生了小狗娃，这下子我的幸福可到了极点，我的快乐简直是齐天了。它是走起路来一摇一摆的一个最可爱的小家伙，身上的毛长得又光滑、又柔软，就像天鹅绒似的。小脚爪长得非常特别、非常好玩，眼睛显得非常有感情。小脸儿天真活泼，非常可爱。我看见孩子们和他们的母亲把它爱得要命，拿它当个活宝贝，无论它做出一种什么绝妙的小动作，他们都要大声欢呼，这真使我非常得意。我好像觉得生活实在是太痛快了……

随后就到了冬天。有一天，我在育儿室里担任守卫。这就是说，我在床上睡着了，小男孩也在小床上睡着了。小床和大床是并排的，在靠近壁炉那一边。这种小床上挂着一顶很高的罗纱尖顶帐子，里外都看得透。保姆出去了，只剩下我们这两个瞌睡虫。燃烧的柴火迸出了一颗火星，掉在帐子的斜面上。我猜这以后大概是过了一阵没有动静，然后小男孩才大叫一声，把我惊醒过来，这时候帐子已经烧着了，直向天花板上冒火焰！我还没有来得及想一想，就吓得跳到地下来，一秒钟之内就快要跑到门口了。可是在这后面的半秒钟里，我母亲临别的教训就在我耳朵里响起来了，于是我又回到床上。我把头伸进火焰里去，衔住娃娃的腰带把他拉出来，拖着他往外跑，我们俩在一片烟雾里跌倒在地下；我又换个地方把他衔着，拖着那尖叫的小家伙往外跑，一直跑出门口。跑过过道里拐弯的地方，还在不停地拖，我觉得非常兴奋、快活和得意，可是这时候主人的声音大嚷起来：

“快滚开，你这该死的畜生！”我就跳开来逃避。可是他快得出奇，一下就追上了我，拿他的手杖狠狠地打我，我这边躲一下，那边躲一下，吓得要命，后来很重的一棍打在我的前左腿上，打得我直叫唤，一下子倒在地下，不知怎么好。手杖又举起来要再打，可是没有打下来，因为保姆的声音拼命地嚷起来了，“育儿室着火啦！”主人就往那边飞跑过去，这样我才保住了别的骨头。

真是痛得难受，不过没有关系，我一会儿也不能耽搁，他随时都可能回来。所以我就用三条腿一瘸一瘸地走到过道的那一头，那儿有一道漆黑的小楼梯，通到顶楼上去。我听说那上面放着一些旧箱子之类的东西，很少有人上那儿去。我勉强爬上楼，然后在黑暗中摸索着往前走，穿过一堆一堆的东西，钻到我所能找到的一个最秘密的地方藏起来。在那儿还害怕，真是太傻。可是我还是害怕，我简直怕得要命，只好拼命忍住，连小声叫唤都不敢叫一声，虽然叫唤叫唤是很舒服的，因为，您也知道，那可以解解痛。不过我可以舐一舐我的腿，这也是有点好处的。

楼下乱哄哄的，一直经过半个钟头的工夫，有人大声嚷，也有飞快跑的脚步声，然后又没有动静了。总算清静了几分钟，这对我的精神上是很痛快的，因为这时候我的恐惧心理渐渐平定下来了，恐惧比痛苦还难受哩——啊，难受得多。然后又听到一阵声音，把我吓得浑身发抖。他们在叫我——叫我的名字——还在找我哩！

这阵喊声因为离得远，不大听得清楚，可是这并没有消除那里面的恐怖成分，这是我从来没有听到过的最可怕的声音。楼下的喊声处处都跑到了：经过所有的过道，到过所有的房间，两层楼和底下那一层和地窖通通跑遍了。然后又到外面，越跑越远——然后又跑回来，在整幢房子里再跑过一遍，我想大概是永远永远不会停止的。可是后来总归还是停止了，那时候顶楼上模模糊糊的光线早已被漆黑的暗影完全遮住，过了好几个钟头了。

然后在那可喜的清静之中，我的恐惧心理慢慢地消除了，我才安心睡了觉。我休息得很痛快，可是朦胧的光还没有再出来的时候，我就醒了。我觉得相当舒服，这时候我可以想出一个主意来了。我的主意是很好的；那就是，走后面的楼梯悄悄地爬下去，藏在地窖的门背后，天亮的时候送冰的人一来，我就趁他进来把冰往冰箱里装的时候溜出去逃跑。然后我又整天藏着，到了晚上再往前走；我要到……唉，随便到什么地方吧，只要是人家不认识我，不会把我出卖给我的主人就行。这时候我几乎觉得很高兴了；随后我忽然想起：咳，要是丢掉了我的小仔仔，活下去还有什么意思呀！

这可叫人大失所望。简直没有办法：我明白这个情形。只好呆在原来的地方，呆下去，等待着，听天由命——那是不归我管的事情。生活就是这样——我母亲早就这样说过了。后来——唉，后来喊声又起来了。于是我一切的忧愁又回到心头。我心里想，主人是决不会饶我的。我不知道究竟是干了什么事情，使他这么痛恨、这么不饶我。不过我猜那大概是狗所不能理解的什么事情，人总该看得清楚，反正是很糟糕的事吧。

他们老在叫了又叫——我好像觉得叫了好几天好几夜似的。时间拖得太久，我又饿又渴，简直难受得要发疯，我知道我已经很没有劲了。你到了这种情形的时候，就睡得很多，我也就大睡特睡起来。有一次我吓得要命地醒过来——我好像觉得喊声就在那顶楼里！果然是这样，那是莎第的声音，她一面还在哭；可怜的孩子，她嘴里叫出我的名字来，老是杂着哭声，后来我听见她说：

"回我们这儿来吧——啊，回我们这儿来吧，别生气——你不回来，我们真是太……"这使我非常高兴，简直不敢相信自己的耳朵。

我感激得什么似的，突然汪汪地叫了一声，莎第马上就从黑暗中和废物堆里一颠一跌地钻出去，大声嚷着让她家里的人听见，"找到她啦，找到她啦！"

以后的那些日子——哈，那才真是了不得哩。莎第和她母亲和仆人们——咳，他们简直就像是崇拜我呀。她们似乎是无论给我铺一个多好的床，也嫌不够讲究。至于吃的东西呢，他们非给我弄些还不到时令的稀罕野味和讲究的食品，还觉得不满意。每天都有朋友和邻居们成群地到这儿来听他们说我的"英勇行为"——这是他们给我所干的那桩事情取的名称，意思就和"农业"一样。我记得有一次我母亲把这个名词带到一个狗窝里去卖弄，她就是这么解释的。可是她没有说“农业”是怎么回事，只说那和“壁间热”是同义词。格莱太太和莎第给新来的客人说这个故事，每天要说十几遍，她们说我冒了性命的危险救了小男孩的命，我们俩都有火伤可以证明。于是客人们就抱着我一个一个地传过去，把我摸一摸、拍一拍，大声称赞我，您可以看得出莎第和她母亲的眼睛里那种得意的神气。可人家要是问起我为什么瘸了腿，她们就显得不好意思，赶快转换话题。有时候人家把这桩事情问来问去，老不放松她们，我就觉得她们简直好像是要哭似的。

这还不是全部的光荣哩；不，主人的朋友们来了，整整二十个最出色的人物。他们把我带到实验室里，大家讨论我，好像我是一种新发现的东西似的。其中有几个人说一只畜生居然有这种表现真是了不起，他们说这是他们所能想得起的最妙的本能的表现。可是主人劲头十足地说：“这比本能高得多，这是理智。有许多人虽然是因为有了理智，可以得天主的拯救，和你我一同升天。可是他们的理智还不及命中注定不能升天的小畜生这么个可怜的傻东西哩。”他说罢就大笑起来，然后又说：“咳，你看看我吧——我真是可笑！好家伙，我有了那么了不得的聪明才智，可是我所推想得到的不过是认为这只狗发了疯，要把孩子弄死。其实要不是这个小家伙的智力——这是理智，实在的！——要是没有它的理智，那小男孩子早就完蛋啦！”

他们翻来覆去地争论，我就是争论的中心和主题。我希望我母亲能够知道我已经得到了这种了不起的荣誉，那一定会使她很得意的。

然后他们又讨论光学，这也是他们取的名词。他们讨论到脑子受了某种伤是不是会把眼睛弄瞎这个问题，可是大家的意见不一致，他们就说一定要用实验来证明才行。其次他们又谈到植物，这使我很感兴趣，因为莎第和我在夏天种过一些种子——你要知道，我还帮她挖了些坑哩——过了许多天，就有一棵小树或是一朵花长出来，真不知怎么会有这种事情，可是竟有这么回事。我很希望我能说话——那我就要把这个告诉那些人，让他们看看我懂得多少事情，我对这个问题一定会兴头很大。可是我对于光学并不感兴趣，这玩意儿怪没有意思，后来他们又谈到这上面的时候，我就觉得很讨厌，所以就睡着了。

不久就到了春天。天气很晴朗，又爽快，又可爱，那位漂亮的母亲和她的孩子们拍拍我和小狗娃，给我们告别，他们出远门到亲戚家去了。男主人没有工夫陪我和小狗娃，可是我们俩在一起玩，日子还是过得很痛快。仆人们都很和气，和我们很要好，所以我们一直都很快活，老是计算着日子，等着女主人和孩子们回来。

后来有一天，那些人又来了，他们说，现在要实验。于是他们就把狗娃带到实验室里去，我也就用三只腿瘸着走过去，心里觉得很得意，因为人家看得起小狗娃当然是使我高兴的事。他们讨论一阵之后就实验，后来小狗娃忽然惨叫了一声，他们把它放在地下，它就一歪一倒地乱转，满头都是血，主人拍着手大声嚷道：

“你看，我赢啦——果然不错吧！他简直瞎得什么也看不见啦！”

他们大家都说：

“果然是这样——你证明你的理论了。从今以后，受苦的人类应该感谢你的大功劳。”他们把他包围起来，热烈地和他握手，表示感谢，并且还称赞他。

可是这些话我差不多都没有听见，因为我马上就往我的小宝贝那儿跑过去，到它所在的地方和它挨得紧紧的，舐着它的血。它把它的头靠着我的头，小声地哀叫着。我心里很明白，它虽然看不见我，可是在它那一阵痛苦和烦恼之中，能够感觉到它的母亲在挨着它，那对它也还是一种安慰。随后不久它就倒下去了，它那柔软的鼻子放在地板上，它安安静静的，再也不动了。

一会儿主人停止了讨论，按按铃把仆人叫进来，吩咐他说，“把它埋在花园里远远的那个犄角里。”说罢又继续讨论。我就跟在仆人后面赶快走，心里很痛快、很轻松，因为我知道小狗娃这时候已经睡着了，所以就不痛了。我们一直走到花园里最远的那一头，那是孩子们和保姆跟小狗娃和我夏天常在大榆树的树阴底下玩的地方。仆人就在那儿挖了一个坑，我看见他打算把小狗娃栽在地下，心里很高兴，因为它会长出来，长成一个很好玩、很漂亮的狗，就像罗宾·阿代尔那样，等女主人和孩子们回家来的时候，还要妙不可言地叫他们喜出望外。所以我就帮他挖，可是我那只瘸腿是僵的，不中用，您知道吧，您得使两条腿才行，要不然就没有用。仆人挖好了坑，把“小罗宾”埋起来之后，就拍拍我的头，他眼睛里含着泪，说道：

“可怜的狗儿，你可救过他的娃娃的命哪。”

我已经守了整整两个星期了，可是他并没有长出来！在后一个星期里，有一种恐怖不知不觉地钻到我心里来了。我觉得这事情有些可怕，我也不知道究竟是怎么回事，可是这种恐惧叫我心里发烦。仆人们尽管拿些最好的东西给我吃，可是我吃不下。他们很心疼地抚爱我，甚至晚上还过来，哭着说："可怜的狗儿——千万不要再守在这儿，回家去吧，可别叫我们心都碎啦！"这些话更把我吓坏了，我准知道是出了什么毛病。我简直没有劲了。从昨天起，我再也站不起来了。在生命的最后这个钟头里，仆人们望着正在落山的太阳，夜里的寒气正在开始散开。他们说了一些话，我都听不懂，可是他们的话里有一股使我心里发冷的味道。

"那几个可怜的人啊！她们可不会想到这个。明天早上她们就要回家来了。一定会关心地问起这个干过勇敢事情的狗儿，那时候我们几个谁有那么硬的心肠，能把事实告诉他们呢，'这位无足轻重的勇敢狗儿到了那不能升天的畜生们所去的地方去啦。'"

---

注释

① 一种红棕色或白色的大狗。

② 指柯利牧羊犬，是一种长毛尖头的大狗。

③ 波美拉尼亚狗，是一种尖嘴、竖耳和长毛的小狗，英文的发音和长老会教友一词有些相近。

# 火车上的嗜人事件

前不久我去了一趟圣路易。西进途中，在印第安纳州特尔霍特换了车，就有一个四五十岁上下、面目亲善的绅士从小站上来，坐到我身边。同他心情愉快、海阔天空地聊了约一个钟头，我便发现他极有见识，讨人喜欢。他一经得知我从华盛顿来，立即询问起形形色色的政府官员和国会事务来。不久我已明白，与我谈话的是位对首都政治生活了如指掌的人，他甚至连这个国家立法机关里议员们的办事风度和程序仪式都知道得一清二楚。过了一会儿，就见两个男子在离我们不远的地方停留了片刻，一个对另一个说道：

“哈里斯，要是你肯替我办这件事，我永远忘不了你，老弟。”

我这位新旅伴的眼睛里突然闪出欣喜的亮光。好像那人的话勾起了他一段快乐的回忆。顷刻，他又露出一副思虑重重的面孔——简直有些闷闷不乐了。他转头对我说，“听我给你讲个故事吧；让我把我生活中的一段秘事告诉你。这段秘事自发生后，我从来都不曾提起过。请耐心地听，答应我别打断我的话。”

我说没问题，他就如此这般地讲了下面的一段奇遇。讲解过程中时而情感迸发，时而阴郁低沉，但总是极其认真诚恳。

那是一八五三年十二月十九日，我从圣路易乘夜班火车去芝加哥。车上总共只有二十四名乘客。没有妇女，也没有小孩。我们的兴致很好，大家很快就混熟了。看来，这是一次快乐舒心的旅行。我猜这一伙人中压根儿就没有一位预感到很快就要经历的那种恐怖局面。

晚上十一点钟，天下起大雪来。火车刚一离开那个名叫韦尔登的小村，就进入空旷寂寥的大草原。千里荒原，渺无人烟，一直延展到朱必利定居点。狂风呼啸着刮过平展展的荒地。那儿没有树木，没有山丘，甚至连七零八落的岩石也见不到，所以风刮起来毫无阻挡。随风飞扬的雪花，就像狂风暴雨在海浪尖上激起的浪花。雪越积越深，车速减慢。我们知道，这是火车头在积雪中开路越来越费劲了。说实在的，有时候它简直就停止不动了。大风在轨道上堆积起一个个大雪堆，活像一座座坟山。聊天也没有劲儿了，欢乐让位给焦虑。要是被大雪困住，待在荒凉的大草原上，方圆五十英里可都没有人家——这种想法浮现在每个人的心头，把大家都弄得精神非常颓丧。

凌晨两点，四周的一切活动都停止了。我从不得安宁的睡眠中惊醒。可怕的实情顿时闪过我的心头——我们成了雪堆里的囚徒！“全体起来动手自救！”大家一跃而起去执行这道命令。夜茫茫漆黑一片。铺天盖地的大雪，势不可挡的风暴，大家从车厢跳进这样一个世界，心里都明白，现在要争分夺秒，要不就会有灭顶之灾。铲子、手、木板——凡是能清除积雪的东西立刻都用上了。那真是一副离奇的景象：一小撮发狂似的人跟越堆越高的积雪拼搏。雪堆下半截隐没在黑黢黢的阴影里，上半截暴露在车头反光灯炽烈的灯光下。

短短的一个小时就足以证明我们在白费力气。暴风雪积成了十几个雪堆，把路轨阻塞了，而我们仅仅刨掉了一个。更加糟糕的是，人们发现，刚才火车头对风雪发起冲锋时已经把主动轮的纵向轴弄断了！即使铁路畅通无阻，我们也无可奈何了。我们干活儿干得精疲力竭，心里又不是滋味，便进了车厢。大家围着火炉严肃地讨论眼下的处境。我们什么吃的都没有——大伙儿最窝心的就是这一点。我们是不会冻死的，因为煤水车里有的是木头，这是我们唯一的安慰。讨论到最后，大家都接受了列车员令人丧气的结论，就是说，谁想徒步在这样的雪地里走五十英里路，那就等于去寻死。我们无法派人去求援，即便我们有办法去，也没人愿意来援助。我们只好听天由命，耐心等待，要么有人来救援，要么就等着饿死！我想，就是最刚强的人一听了这话，心也会马上变凉的。

过了一会儿，谈话变成了一种三三两两的窃窃私语，话题仍离不开火车，这种低语随着阵阵狂风的起落而忽高忽低；灯光昏暗起来。大多数遭难者在忽明忽暗的黑影中安下心来想——忘掉眼前，如果可能的话，——睡觉，如果可以的话。

漫漫无期的长夜——我们觉得的确是漫漫无期的——终于把磨磨蹭蹭的时光打发走了。东方破晓，现出灰冷的晨光，亮光逐渐增强，旅客一个接一个活动起来了，显示出生命的种种迹象。一个接一个地把耷拉下来的帽子从额头上掀起来，舒展舒展僵硬的四肢，然后从窗户里向外窥视那副萧瑟的景象。的确萧瑟透顶了！———个生物的影子都没有，一个人家也没有；什么都没有，只有一片白茫茫的荒野，卷起的雪片随风到处飘扬———一个雪片飞舞的世界遮没了上面的天宇。

我们在车厢周围逛走了整整一天，说得很少，想得挺多。又是一个滞留不去的愁闷的夜晚——还有饥饿。

又一个黎明——又一天：寂静、悲哀、饥肠辘辘、无望地守候着无法到来的救营者。一个睡眠不得安宁的夜晚，尽做着大摆筵席的梦——醒来后饥火烧燎着愁肠。

第四天来了又去了——接着是第五天！困了五天，着实可怕。每一只眼睛都射出饥饿的凶光，里面流露出一种怕人的含义——预示着每个人心里朦朦胧胧地自行形成了一种东西———一种谁也不敢诉诸于言词的东西。

第六天过去了——第七天破晓时，这一伙人个个鸠形鹄面。心如死灰，死亡的阴影笼罩着他们。现在非说不可了！在每一颗心里长大的东西终于要从每一张嘴里跳出来了！人体的本能已经忍无可忍了——她非投降不可了。明尼苏达州的理查德·H·加斯顿站了起来，身材高大，面如死灰。大家都知道会发生什么事情。全都准备好了——每一种感情，每一种激动的神态都被闷死了——只有一种平静的、深思熟虑的严肃表情浮现在显得十分粗野的眼睛里。

“先生们：事情再不能耽搁了！时间就要到了！我们必须决定：我们中间谁得死去给其余的人当饭吃！”

伊利诺伊州的约翰·丁·威廉斯先生站起来说：“先生们——我提田纳西州的詹姆斯·索耶牧师。”

印第安纳州的WM·R·亚当斯先生说：“我提纽约州的丹尼尔·斯罗特先生。”

恰尔斯·J·朗登先生：“我提圣路易的塞缨尔A·鲍恩先生。”

斯罗特先生："对于我的提名，我敬谢不敏，我想成全新泽西州的小约翰·A·范诺斯特兰先生。"

加斯顿先生："如果没有异议，这位先生的要求将会得到满足。"

由于范诺斯特兰先生表示反对，斯罗特先生的推辞不予接受。索耶和鲍恩两位先生也表示辞谢，以同样的理由遭到拒绝。

俄亥俄州的A·L·巴斯科姆先生："我提议提名到此结束，议会进行投票选举。"

索耶先生："先生们——我对这些做法表示强烈的抗议，这太不成体统了。所以我提议：立即取消这些做法。并提议选举一名会议主席，几名协助他工作的干事，这样我们就能够明智地处理眼前的事务了。"

依阿华州的贝尔先生："先生们——我反对。现在不是拘泥礼仪的时候。因为已有七天多没有饭吃了。我们不能在无聊的讨论中浪费时间，否则只会增加我们的苦难。我对提出的人选表示满意——我相信在座的各位先生，至少我本人，不明白为什么不应该立即选出其中的一两个人来。我想提出一个解决的办法——"

加斯顿先生："这种做法会遭到反对的，而且按规定必须等到猴年马月才能解决，这样反而造成了你想避免的那种延误。这位从新泽西州来的先生——"

范诺斯特兰先生："先生们——我跟诸位素昧平生，我并不追求诸位赏赐给我的那种荣誉，我感到棘手的是——"

亚拉巴马州的摩尔根先生插话："我提议投票表决是否辩论主要提案。"

这个动议被通过了，当然也就终止了进一步的辩论。选举干部的动议通过了，按此动议，加斯顿先生当选为主席，布莱克先生当选为书记，霍尔科姆先生、戴尔先生和鲍德温先生当选为提名委员会委员，R·M·霍兰先生当选为伙食操办员，协助委员会做出选择。

然后休会半小时，召开了某种小型干部会议。木槌一响，大会开始进行，委员会提出报告，提名肯塔基州的乔治·弗格森先生、路易斯安纳州的卢西恩·赫尔曼先生、科罗拉多州的W·梅西克先生为候选人。该报告被大会接受。

密苏里州的罗杰斯先生："主席先生——既然报告已提交议会，我提议对它进行修正，用圣路易的卢修斯·哈里斯先生的名字替换赫尔曼先生的名字，因为哈里斯先生是位人心所向、众望所归的人物。我不希望被人理解为有意贬责那位路易斯安纳来的先生的高尚品格和可敬立场——绝无此意。我和在场的诸位先生一样，对他不胜敬仰。不过，我们大家不会对这样一件事实视而不见：在我们滞留的一星期里，他掉的膘比我们中间的任何人都多——我们谁也不会悍然不顾这样一件事实：委员会在玩忽职守，要么是出于疏忽大意，要么就是明知故犯，竟然要我们选举这样一位绅士，不管他的动机多么纯正，他身上的确没有什么滋养——"

主席："请密苏里州的这位先生坐下。本主席不能允许对委员会的公正提出质疑，除非它通过正式程序，严格按照规定提出。议会对这位先生的动议如何对待？"

弗吉尼亚州的哈利戴："我提议对报告做更进一步的修正，由俄勒冈州的哈维·戴维斯先生取代梅西克先生。诸位先生也许会慷慨陈词，说艰难困苦的边疆生活已经使戴维斯先生变得粗糙不堪。不过，先生们，现在难道是挑剔粗细的时候？现在难道是吹毛求疵的时候？现在难道是斤斤计较区区小事的时候？不，先生们，我们所希望的是量要大，油水要多，要有重量，要有块头——这就是我们目前的最高要求——我们需要的不是灵性，不是天才，不是教育。所以我坚持我的动议。"

摩尔根先生（激动地）："我对这一修正案表示最坚决的反对。俄勒冈的这位先生太老，何况，块头固然不小，但大只大在骨头上——肉却不多。请问这位弗吉尼亚的先生，我们是想喝稀汤呢，还是要吃些实实在在的东西？他是否要欺骗我们，叫我们捕风捉影？他是否要用一个俄勒冈的幽灵来嘲弄我们的苦难？请问，他能不能看看周围一张张焦灼的面孔，能不能注视注视我们忧伤的眼睛，能不能听听我们企盼的心声。怎么还要把这个饿得形销骨立的假货硬塞给我们？请问，他难道想不到我们的悲惨处境？想不到我们过去的悲哀，想不到我们暗淡的未来，却仍然居心不良，硬要把这个残骸、这具僵尸、这个连站都站不稳的骗子，这个从俄勒冈荒凉的海滩上来的疙里疙瘩、饱受摧残、干巴巴的瘪三强加给我们？休想！"（鼓掌）

经过一番激烈的争论，最后这一修正案被付诸表决，没有通过。第一修正案提出的替换人是哈里斯先生。然后开始投票表决，五次投票都没有结果。第六次投票中，哈里斯先生当选，除了他一人外，全体投了赞成票。于是有人提出动议，应当鼓掌通过他的当选，这一动议由于他再次投票反对自己当选而遭到否决。

拉德威先生提议，议会现在应当关照其余的候选人，选举一人当早饭，这一动议获得通过。

第一次投票出现了僵持局面，半数人赞成某一候选人，因为他年轻；半数人同意另一个，因为他个头大。主席投了决定性的一票，赞成后者，即梅西克先生。这一结果在落选人弗格森的朋友们当中激起了相当大的不满情绪。有人在议论，要求重新进行一次投票表决，然而在此期间休会的动议被通过了，于是立即散会。

晚饭的准备工作分散了弗格森派的注意力，他们无法长时期地议论自己的不满，等他们要重新进行讨论的时候，宣布了哈里斯先生已经准备就绪这一喜讯，于是所有的不满情绪便化为烟云。

我们支起车厢座位的靠背临时凑成了餐桌，满怀感激之情坐了下来，在那七天的磨难中索回在我们的美梦中的最精美的晚餐现在就摆在眼前。我们跟几小时之前真是不可同日而语！当时：万念俱灰，愁眉苦脸，饥肠辘辘，忧心如焚，走投无路。现在：感恩戴德，泰然自若，大喜过望。我知道这是我坎坷的一生中最快乐的时光。风在吼叫，刮得大雪在我们的牢房周围狂飞乱舞，可是风雪再也无力困扰我们了。我喜欢哈里斯。他也许还可以煮得更好一些，但我可以毫无顾忌地说，谁也没有哈里斯那样对我的胃口，使我那样称心如意。梅西克挺不错，不过就是有点儿变味。不过要讲真正的营养、肉的细嫩，我倒是要哈里斯。梅西克自有他的长处——我不想否认这一点，也不愿否认——可是要他当早饭，比一具木乃伊好不了多少，先生——简直一模一样。瘦吗？——哎，上帝保佑！——粗吗？啊，他是粗得够呛！你是无法想像的——你永远也想像不出这一类事。

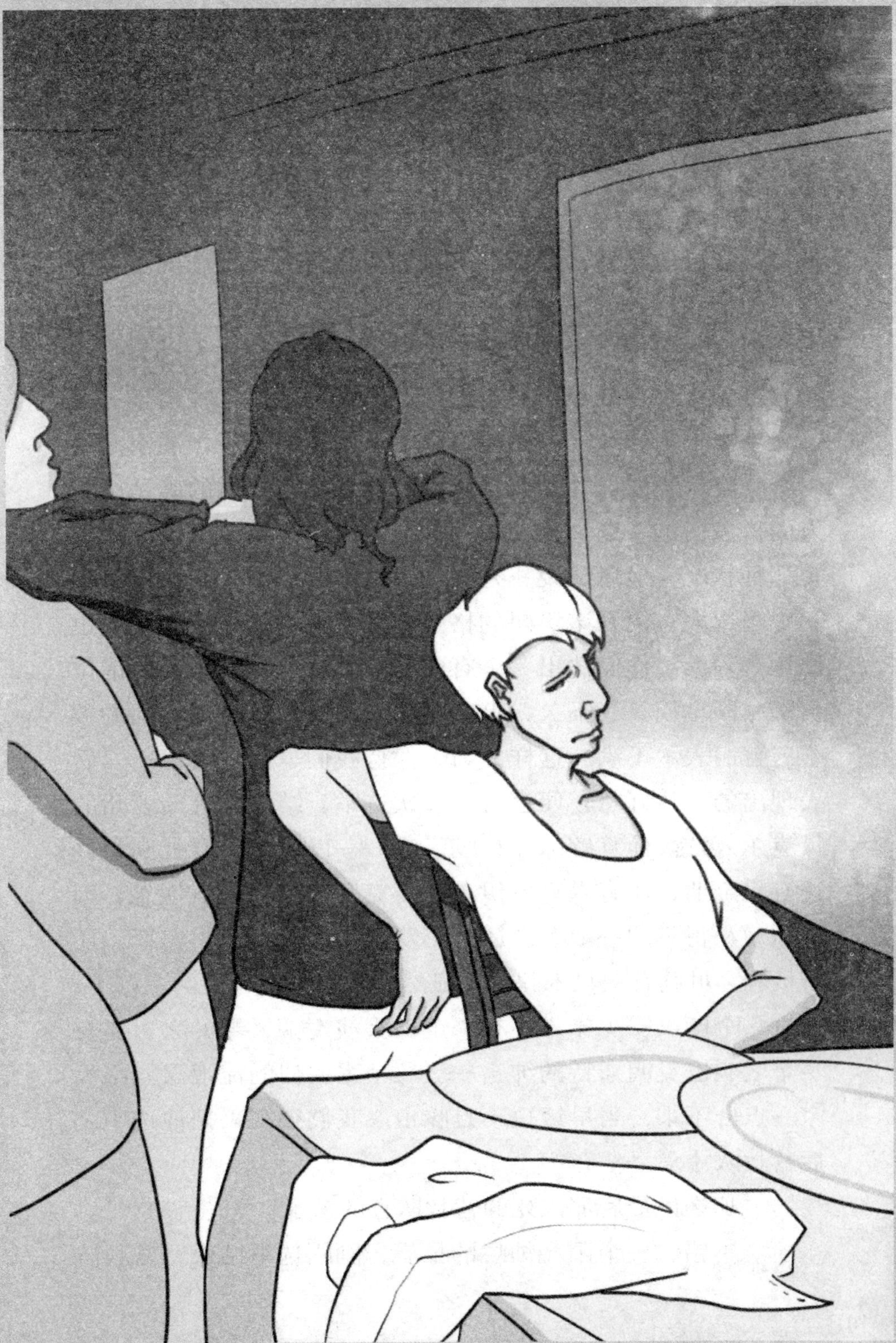

“你打算给我讲——”

“请不要打断我的话。早饭后我们推选了一个从底特律来的名叫沃克的人当晚餐。他很不错，我后来给他老婆写信就是这么说的。怎么夸他都不过分，我将永远怀念沃克。他煮得嫩了点儿，可是非常好。第二天早上，我们又把亚拉巴马州的摩尔根当早餐。他是我们享用过的最好的人之一——仪表堂堂，很有教养，文质彬彬，能流利地讲几种语言——一个十全十美的绅士——他是个十全十美的绅士，油水多得出奇。晚饭我们选的是那个俄勒冈的老头儿，他的确是个骗人的货色，这一点毫无疑问——又老又瘦又粗，谁也无法形容那种状况。最后我说，先生们，请你们自便，我宁可等下一个当选人。伊利诺伊州的格兰姆斯刚说，‘先生们，我也愿意等等。等你们选出一个有长处的人时，我将乐于与诸位再次共同享用。’不久，事实显然表明，大家对俄勒冈的戴维斯普遍表示不满。这样，为了保持我们享用过哈里斯以后表现出的一片好意，便进行了一次选举，结果是佐治亚州的贝克尔入选。他真够味儿！哎，哎——以后我们有杜利特，还有霍金斯，还有麦克罗伊（对麦克罗伊还有一点抱怨，因为他瘦小得不同一般），还有彭罗德，还有两个史密斯，还有贝利（贝利有一只木腿，这显然是个损失，其他倒蛮好），还有一个印第安少年，还有一个街头演奏手风琴的人，还有一个名叫巴克明斯特的绅士——一个木头似的流浪汉。跟大家一点合不来，当早饭也不是味道。我们很高兴把他选中之后营救队才来。

“那么说最后那该死的营救队真的来了？”

“不错，一个阳光灿烂的早晨，刚刚选举结束，营救队就来了。约翰·墨菲当选了，他是最好不过的了，我愿意作证：不过约翰·墨菲坐在前来援救我们的火车上跟我们一起回了家，到后来跟哈里斯寡妇结了婚——”

“谁的遗孀——”

“我们第一个选中的那个人的未亡人。墨菲就跟她结了婚。现在他日子过得挺好，受人尊敬，万事如意。啊，这倒像一本小说，先生——像一部传奇。我下车的地方到了，先生；那就只好再见了。你什么时候方便，跟我一起呆一两天，有你在，我会很高兴的。我喜欢你，先生，我已经对你产生了好感。我喜欢你就像喜欢哈里斯本人一样，先生。日安，先生，祝你一路顺风。”

他走了。有生以来我从来没有感到过这样的惊恐，这样的痛苦，这样的迷惑。我打心底里高兴他走了。尽管他温文尔雅，声音柔和，可是每当他把那双饿狼似的眼睛转向我时，我便感到毛骨悚然。我听到我已经赢得了他凶险的青睐，跟已故的哈里斯同样受到他的器重。这时，我的心脏简直停止了跳动！

我的困惑是不可名状的。对于他的话我深信不疑，对于他这样严肃认真的叙述我是毫无疑问的。可是，这叙述的可怕的细节给了我极大的威胁，搅得我心乱如麻。我看见列车员在瞅着我。我说，“那个人是谁？”

“他曾经是个国会议员，而且还是个挺好的议员呢。不过他被困在雪堆中的列车里了，好像快要饿死了。他全身都冻僵了，因为没有吃的，又饿得筋疲力尽，过了两三个月他生了病，精神错乱了。现在他好了，只不过是偏执狂。他一提起那老话题，不把他谈到的那一车人吃光就闭不上嘴。要是让他讲到现在，他也许已经把那一车人全部结果，只是他每回非得在这里下车不可。他已经把这些人的姓名记得滚瓜烂熟。等他把大家都统统吃光，只剩下他一个人时，他总是说："后来选举谁当早餐的时间到了，由于没有反对意见，我便提出辞职。所以我还在这儿。"

知道自己听到的是一个疯子并无恶意、异想天开的故事，而不是一个嗜血成性的食人肉者的真正经历，我长舒了一口气，这种轻松感真是无法表达的。

## 和移风易俗者一起上路

去年春天我去芝加哥看博览会[①]，虽然结果没看成功，但是我在那次旅程中却不是毫无收获——可以说，它给了我一些补偿。在纽约，我经过介绍认识了一位正规军队中的少校，他说要去看博览会，于是我们约好一同上路。我必须先去波士顿，但这并不碍事，他说愿意一道去，不妨多花上一些时间。他这人仪表漂亮，体格魁梧得像一位斗士，但举止温和，谈话娓娓动听。他为人十分可亲，但又显得很沉着。可不是，他是完全缺乏幽默感的。他对四周的事都深感兴趣，然而他那宁静的神态却始终不受外界的影响；任何事物都不能干扰他，任何事物都不能激动他。

但是，过了还不到一天，我已经发现，尽管他外表是那么冷静，但在他内心深处什么地方却蕴藏着一股热情——热衷于破除那些在琐细行为中表现出的种种陋习。他要维护公民的权利——这是他的好癖。他的想法是：共和国的每个公民都必须把自己看作是一个非官方的警察，不受任何报偿，经常监视维护着守法与执法的情况。他认为，要维护和保障公众的权利，唯一有效的方法就是要求每个公民都尽自己的一份力量，去防止或惩罚他本人看到的那些违法乱纪行为。

这可是一个很好的设想，但是我认为一个人这样做会经常卷入麻烦；我觉得，一个人这样做，无异于试图开除一个犯了过失的小公务员，而结果他也许会招来人家嘲笑。可是他说事实并非如此，他说我的想法是错误的。说那样做从来也不会使任何人被开除，而且，实际上你绝不可以让任何人被开除了，因为你那样做本身就是一次失败。不，我们必须改造那个人——要把他改造过来，要使他成为一个称职有用的人。

“是不是我们必须先去告发那犯了过失的人，再请他的上级不要开除他，只要训斥他一顿，然后仍旧留用他吗？”

“不，我不是那意思；你根本就不要去告发他，因为，如果那样做，他就会有打碎饭碗的危险。你可以做得像是要去告发他——那也只是到了任何其他方法都不起作用的时候。那是极端的例子。那样就是使用威力，而威力是有害的。有效的方法是运用权术，喏，如果一个人富有机智——如果一个人肯运用权术——”

我们在电报局的一个窗口足足站了两分钟，少校一直设法引起一个年轻报务员的注意，几个报务员都只顾逗乐取笑。这时候少校发话了，他唤其中一个报务员接收他的电报。可是他得到的答复是：

“我想您可以等待一会儿，行吗？”这句答话一说完，他们又把玩笑话说开了。

少校说他可以等待，并不赶急。接着，他又拟了一份电报：

西联电报公司经理：

今晚请过来和我共餐。我可以把你某分局如何经营业务的情况说给你听。

稍停，那个不久前说话那么傲慢无礼的年轻人伸出手来接过了电报稿。他刚读完电文，脸色就变了，他开始又是道歉又是解释。他说，如果这份害人的电报发了出去，他就要被辞退，也许永远找不到另一个这样的职位。如果能饶恕他这一次，他以后就再也不做人家会提意见的事情了。少校接受了这一表示让步的请求。

我们走开后，少校说：

“喏，您明白了吗，那就是我运用权术——而且，您明白那是怎样发挥作用的了。一般人总是爱进行恫吓，那种做法没好处——因为那小伙子总是会舌剑唇枪，跟你针锋相对地来上一套，结果你几乎总是会输给他，让自己出丑的。可是，您瞧，权术这玩意儿他是对付不了的。温和的语言加上权术——这就是我们应当使用的工具。”

“是了，我明白了，然而，并不是每个人都有您那样的机会呀。并不是每个人都和西联电报公司经理那样有交情呀。”

“哦，您误解了我的意思。我并不认识那位经理——我只是为了要运用权术而利用了他一下。这是为了他的好处，也是为了公众的好处。这样做是没害处的。”

我不肯随声附和，只吞吐其词地说：

“可是，说谎也会是正当的，或者高贵的吗？”

他并不注意这句问话中那种委婉含蓄的、自以为是的意味，他只是不动声色、稳重而简单地回答说：

“是呀，有时候是的。为损人而说谎，为利己而说谎，这是不正当的。然而，为了有助于别人而说谎，为了有利于公众而说谎——瞧，那就完全是另一回事了。这是一条谁都知道的道理。不必计较所采用的手段怎样：你只要看收到的效果如何。刚才那样一来，那小伙子就会成为一个有用的人，就会变得循规蹈矩。他是一个要面子的人。像他那样的人是值得挽救的。可不是，即使不是为了他本人，单是为了他母亲，也是值得挽救他的。他肯定有母亲在——还有姊妹们。该死，那些人老是忘了这一点！您可知道，我这辈子从来没参加过决斗—— 一次也没参加过——虽然像其他人一样，我也曾遇到过挑衅。我每一次都能看到那个人的无辜的老婆和小孩站在他和我之间。他们并没有招谁惹谁——你瞧，我可不能伤了他们的心。”

就是那一天内，他纠正了许多人们的小动作中所表现的陋习，但始终没引起摩擦——总是运用巧妙而漂亮的“权术”；事后别人并没感到难堪，而他本人却从那些行动中得到了很大的快乐与满足。最后我不禁羡慕他所做的——心想：如果需要时我也能够很有把握地在言语上偏离开事实，就像我自信经过一些练习后能够在印刷品的掩护下用笔墨所做到的那样，或许我也要采用这种办法哩。

那天夜晚，很迟的时候我们才离开当地，乘铁路马车[②]去市区。三个喧闹粗暴的家伙登上了车，开始在一群胆小怕事的乘客中（他们有的是妇女和儿童）左顾右盼，任意地嘲笑，说的都是些污秽轻薄的语言。没一个人敢反抗或者劝阻他们，列车员试图好言以理相喻，但是那些恶棍只顾辱骂和嘲笑他。我很快就看出，少校已经意识到这是属于他所管的事情；显然，他是在盘点自己脑子里储存的权术，正在进行准备。我想，在这个场合，只要是一句玩弄权术的话说出了口，他就会招来劈头盖脸一大堆嘲笑，也许还会导致比这更加难堪的后果。然而，为时已经过晚，我还没来得及悄声劝阻他，他已经开口了。他用平缓而冷静的口气说：

“列车员，您必须把这些猪赶下去。让我来帮助您。”

这可是我没料到的。一眨眼工夫，三个恶棍已经向他扑过来。但是他们一个也没能接近他。他挥出了三拳，你真想不到会在拳击场以外看到那样猛烈的打击，只打得那三个人一个也没力气再从倒下的地方站起来。少校拖开了他们，把他们赶下了车，我们的车又继续前进。

我感到惊奇，惊奇的是看到一个温驯得像头羔羊的人竟然会做出这样的事情；惊奇的是他显示出那样强大的力量，取得了那样全面的、彻底的胜利；惊奇的是他把整个这件事情做得利落而又有条不紊。由于想到整天里都听到这个“打桩机”侈谈应当怎样进行委婉的劝导和运用温和的权术，我就觉得现在的情形具有它幽默的一面。于是我想促使他注意到这一点，并且就此说上几句嘲笑的话；然而，我再向他一打量，就知道那样做将是徒劳的——因为他那副怡然自得的神情并不含有丝毫幽默感；他是不会理解我的话的。我们下车后，我说：

“那可是一套精彩的权术呀——实际上是三套精彩的权

术。”

“那个吗？那不是什么权术。您根本没弄懂。权术完全是另一码事。对那种人你不能运用权术；他们对权术不会理解。不，那不是权术，那是威力。”

“瞧您提到了它，我……可不是，我想您这话大概说对了。”

“说对了？我当然说对了。那就是威力。”

“我也认为，从外表上看来它是威力。您常常需要用那种方式改造人吗？”

“绝对不是。那种情形极少发生。半年里不会多过一次。”

“那几个人受了伤会复原吗？”

“会复原？这还用说，他们肯定会复原的。他们绝对不会有危险。我知道应该怎样揍，应该接在哪儿。您注意到，我并没接他们颚骨底下。那样会要他们命的。”

我相信这话是实。我说（我认为自己说得挺俏皮），他整天里一直像只羊羔，可是这会儿突然变成一头公羊—— 一头撞角的公羊。但是他却显得那么恳挚可爱，一本正经地说我讲得不对，说什么撞角羊完全是另一样东西，现在人们已经不再使用它[3]。他这话叫人听了生气，我差点儿脱口而出，说他像个傻子，一点儿也不会欣赏俏皮话儿——说真的，这句话已经进到舌尖，但是我没说出口，因为知道现在不必急，还是等以后什么时候在电话里说吧。

第二天下午，我们出发去波士顿。特等客车吸烟室里已经客满。于是我们走到普通吸烟室里。过道那边顺座上坐着一个态度温和、样子像农民的老人，他面色苍白，正用一只脚勾住那扇开着的门，想要透点儿新鲜空气。过了不一会儿，一个身材高大的制动手闯进车厢，走到门前停下，恶狠狠地瞪了农民一眼，然后猛地把门一拉，差点儿把老人的皮靴都给带走。接着他又匆匆地赶着张罗他的事情去了。有几个乘客笑起来，老先生露出了一副又羞又恼的可怜神气。

停了不多一会儿，列车员走过，少校拦住他，用习惯的客气态度提出这个问题：

“列车员，如果制动手的举动有不对的地方，乘客该去哪报告？是向您报告吗？”

“如果要告他，您可以到了纽黑文站去告。他做错什么事了？”

少校把事情的经过说了一遍。列车员好像乐了。他温和的口气中微含讥嘲地说：

“您的意思好像是说，那个制动手并没说什么。”

“是的，他没说什么。”

“可是您说，他恶狠狠地瞪了一眼。”

“是的。”

“后来就粗鲁地拉开了那扇门。”

“是的。”

“全部经过就是这些，对吗？”

“对，那就是全部经过。”

列车员乐呵呵地笑了，他说：

“好吧，如果您要去告他，那是可以的，可是我不大明白，这究竟算得了什么呢。您会说——我这是根据您说的话猜想的——那个制动手侮辱了这位老先生。那么，他们就会问您，他说了一些什么。您说，他根本什么也没说。那么，我估计他们就会说，既然您自己承认他一句话也没说，那您又怎么能断定那是一次侮辱呢？”

列车员这一席无懈可击的说理，引起了四周一片赞许之声，这使他感到很高兴——这你可以从列车员脸上看出来。但是少校并不介意。他说：

“瞧，现在您正好接触到提意见的制度中存在的一个明显的缺点。铁路公司的职员们——不但公众有这种想法，而且看来您也有这种想法——都没注意到，除了口头的侮辱以外，还有其他类型的侮辱。所以，也就没人到总办事处去申诉他受到人家在态度上表示的侮辱，包括手势、表情等方式进行的侮辱；然而，这样的侮辱有时候会比任何口头的侮辱更使你难以忍受。它会使你感到非常难堪，因为它并不留下任何实质的东西，可以让你抓住它的把柄。那进行侮辱的人，即使被唤到铁路公司职员面前，也尽可以说他连做梦也没想到要得罪别人。我认为，铁路公司的职员们必须特别重视，必须迫切要求公民报告那些非言语表示的侮慢态度和无礼举动。”

列车员大笑起来，他说：

“哎呀，说真的，这样求全责备，未免太认真了吧！”

“可是我认为这并不是过分地认真。我到了纽黑文站，要去报告这件事，而且相信我会由于这样做了而受到感谢。”

列车员好像有点儿不大自在了，的确，他离开的时候，神情显得相当严肃了。我说：

“您总不至于真的为了这件小事去劳神吧？”

“这可不是一件小事。像这样的事必须随时报告。这是公众的责任，凡是公民，谁都不能规避责任。但是，这件事无需我报告。”

“为什么？”

“我没必要这样做嘛，运用权术就可以解决问题。您瞧着吧。”

过了不多一会儿，列车员又巡视来了；他走到少校跟前时，俯身凑近他说：

“得啦。您不必去告他了。他是向我负责的，如果下次他再敢那样，我会训他的。”

少校的回答是很恳挚的：

“瞧，这正合我的意！您千万别以为我这是出于什么报复心理，实际上并不是那样。这是出于责任心——纯粹是出于一种责任感，完全是这么一回事。我的妻舅是铁路公司的董事，如果他知道：假使您手下的制动手下次再野蛮地侮辱一位根本没招惹他的老先生，您就要劝告那制动手，那我的妻舅会感到高兴的，这一点您可以相信。”

列车员并没像一般人所预料的那样表示高兴，反而显得忧郁不安了。他在一旁站了一会儿，接着说：

“我认为必须现在就对他进行惩处。我要开除他。”

“开除他？那样能带来什么好处？您是不是认为，更聪明的办法还是教他如何更好地对待乘客，以后仍旧留用着他呢？”

“对，这话有道理。您认为应该怎么办？”

“他当着所有这些人侮辱了那位老先生。是不是应该叫他来，当着大伙儿赔礼道歉呢？”

“我这就叫他来。而且，我要在这儿声明：如果所有的人都肯像您这样做，也都肯向我报告这一类的事，而不是当时一声不言语走开，而事后在背后说铁路公司的坏话，那么，不久情况就会改善。我非常感谢您。”

制动手来道歉了。他走后，少校说：

“喏，您瞧这件事做起来够多么简单容易。普通老百姓会什么事都办不到——董事的舅子要怎么做都能行。”

“可是，您真有一位当董事的舅子吗？”

“永远说有这么一位。当公众的利益需要的时候，我永远说有这么一位。在所有的董事会里——在所有的地方，我都有一位舅子。这样就省了我一大堆麻烦。”

“这可是十分广泛的亲戚关系。”

“是呀。像这样的人我有三百个以上。”

“难道列车员就不会怀疑这种关系了吗？”

“这种情形我还没遇到过。一句话也不假——我从来没遇到过。”

“为什么您不随他去处理，随他去把那个制动手开除了，反而使用那怀柔的办法呢？您瞧，他这样的人是罪有应得呀。”

少校回答时，那口气里的确稍许含有一种不耐烦的意味：

“如果您能静下来，稍许思考一下，您就不会提出这样的问题了。难道制动手是条狗，只能用对待狗的方法去对待他不成？他是一个人，需要像人那样去谋生呀。再说，他总有姊妹，或者母亲，或者妻子儿女，要他去养活。永远是这样的情形——这是毫无例外的。如果你剥夺了他的生计，那你也剥夺了那些人的生计——可是，他们哪点儿招你惹你了？根本没有呀。开除了一个举动无礼的制动手，另去雇一个跟他完全相同的，那好处又在哪里呢？这种做法是不明智的。难道您没认识到，先对这个制动手进行改造，然后留用着他，那才是一个合理的办法吗？肯定是的。”

接着他就用赞赏的口气叙述统一铁路公司某区段一位监督的故事：说有一次一个人已有两年经验的扳闸工疏忽大意，让一列火车出了轨，死了几个人。群众十分愤怒，要求开除那个板闸工，但是监督说：

“不，诸位错了。他这一来得到教训，此后再不会让车出轨了。他变得比以前倍加顶用了。我要留用他。”

此后，在那次旅游中，我们只遇到一件不寻常的事。在哈特福德站和斯普林菲尔德站之间，火车上的侍应生抱着许多广告印刷品，高声吆喝着跑进来，把一册样本落在了一个正在酣睡的先生膝上，一下子惊醒了他。那人十分恼怒，和他两个朋友气愤不平地诉说这件冒犯了他的事。他们把特等客车里的列车员唤了来，向他叙述这件事，一定要开除这孩子。那三个进行控诉的乘客都是霍利奥克的富商；显然，列车员对他们望而生畏。他试图平息他们的怒气，向他们解释说，那孩子并不归他管，而是属于一家报刊公司的；然而，他怎么劝解也没用。

这时候少校自告奋勇提出证明，为孩子进行辩护。他说：

“事情的经过我都看在眼里。诸位并没存心夸大，但是结果仍然言过其实。那孩子所做的，只不过是所有火车上侍应生所做的，如果你们要他此后举动更稳重，态度更和蔼，那我也同意你们的观点，并且准备帮你们说话。但是，如果不给他一个改过的机会，就要把他开除，那是不公道的。”

但是他们很气愤，都不肯听取妥协的办法。他们说熟识波士顿－奥尔巴尼铁路公司的总经理，明天宁可暂时摆开了其他的事，一定要先去波士顿解决侍应生的问题。

少校说他也去那里，要尽自己的一切力量救那个侍应生。有一位先生向他打量了一下，说：

“看来，这件事要取决于谁能对总经理施加最大的影响了。您是跟布利斯先生有私交的吗？”

少校声色不动地说：

“是的，他是我舅舅。”

这下取得的效果是令人满意的。窘促的沉默持续了一两分钟；接着几位当事人就开始在谈话中“留有余地”，都含浑其词地承认自己过于火躁偏激，不久一切趋于平静友好，彼此间显得相当融洽，终于决定丢开了这件事不提，让那个侍应生保住他的饭碗。

结果不出我所料：铁路公司总经理根本不是少校的舅舅——少校这一天只是在火车上利用了他一次。

在归途中，我们没遇到什么值得记述的事。也许那是因为我们乘的是夜车，一路上我们都在睡觉。

星期六晚上我们离开纽约，取道宾夕法尼亚州铁路。第二天清晨早餐后，我们走进特等客车，但是发现那儿很冷清沉闷。车厢里只寥寥几个人，没有任何活动。于是我们步入那节车厢的小吸烟室，看见那儿坐着三位绅士。其中两个人正在抱怨铁路公司所订的一条规则——星期日禁止在车上玩牌。原来他们刚才已经开始玩那照说无需禁忌的“大小杰克”纸牌游戏，但后来却被阻止了。少校对此表示关切。他对第三位绅士说：

“是您反对他们玩牌吗？”

“根本不是。我是耶鲁大学的教授，虽然相信宗教，但并不是对许多事情都存偏见。”

接着少校就对其他两个人说：

“你们尽可以继续玩下去嘛，先生们；既然这里没人反对。”

其中一个人不肯冒险，但是另一个人说，如果少校愿意跟他玩，他很想再来一次。于是他们俩把一件大衣铺在膝上，开始玩起来。过了不久，特等客车的列车员来了，他粗暴地说：

“喂，喂，先生们，这是不可以的。把纸牌收起来——玩牌是不准许的。”

少校正在洗牌。他只顾洗着，一面说：

“禁止玩牌，这是奉了谁的命令？”

“是我的命令。我禁止玩牌。”

这时候开始发牌了。少校问：

“这主意是您想出来的吗？”

“什么主意？”

“星期日禁止玩牌这个主意呀。”

“不——当然不是。”

“是谁想出来的呢？”

“是公司。”

“那么，这根本不是您的命令，而是公司的命令。对吗？”

“对。可是，你们仍旧不停止玩牌，那我必须强迫你们立刻停止了。”

“急躁办事不会带来什么好处，它常常只会造成很大损失。是谁授权给公司颁行这样一道命令的？”

“我的好先生，那和我没关系，再说……”

“可是您忘了，它关系到的不只是您，它可能是一件对我关系重大的事。的确，它是一件对我十分重大的事。我不能破坏了我国的一条法规，同时不让自己蒙上耻辱；我也不能容许任何人或者公司利用非法的规章来妨碍我的自由（这一点也是铁路公司一向试图做到的），同时不玷污了我的公民权利。所以，现在让我再回到刚才那个问题上：公司究竟是根据谁授的权颁行这道命令的？”

“这我可不知道。这是他们的事。”

“也是我的事。我怀疑公司拥有什么权利公布这样一条规章。这条铁路要经过好几个州。您知道我们现在是在哪一个州里，那个州在这方面制定的又是什么法律吗？”

“它的法律跟我不相干，可是公司的命令我必须执行，我的职责就是禁止这样玩牌，先生们，它必须受到禁止。”

“也许是这情况；然而，办事情还是不必急躁的好。在一般旅馆里，他们都把一些规则张贴在屋子里，但是照例要援引该州的法律条文，作为那些要求的根据。我看这儿并没张贴这类文告嘛。请您出示您的凭证，然后可以让我们作出决定，因为，您总可以看到，人家玩牌的兴致都叫您给破坏了。”

“我没这一类的凭证，但是我奉了命令，单凭这一点就够了。命令必须服从。”

“咱们别轻易作出结论。最好还是让咱们平心静气，仔细地探讨一下这件事情，看咱们究竟坚持的是什么原则，以免任何一方犯了错误——因为，剥夺美国公民的自由，这件事看来远比您和铁路公司想像的更为严重，在剥夺他人自由的人能证明他有权这样做之前，我不容许他当着我这样肆无忌惮，再说……”

“我的好先生，您到底要不要放下纸牌？”

“这件事也许不会耽搁多久，但要看情形而定。您说这命令必须遵守，必须，这是一个强硬的措辞。您自己可以意会，它有多么强硬。当然，一个明白事理的公司，不会既授权您执行这样严厉的命令，又不制定一个处罚违反规章者的办法。那样它就会变成一纸空文，只会惹得人家好笑。对违反这条规章的人应当怎样处罚？”

“处罚？我从来没听说过什么处罚。”

“不用说，这您肯定是搞错了。您的公司会命令您上这儿来，很粗鲁地打断一场无需禁忌的娱乐，但并不教您在执行这道命令时应当采取的手段吗？难道您不认为这种做法是荒谬可笑的吗？如果乘客拒绝遵守这条命令，那您又打算怎样对付他们？您打算抢走他们的纸牌吗？”

“不。”

“您打算到了下一站把违反规章的人赶下车吗？”

“这个，不——我们当然不能这样做，如果他有车票。”

“您把他送交法院吗？”

列车员无言对答，显然感到为难了。少校又开始发牌，他接着说：

“您瞧，您毫无办法，公司让您处于很狼狈的境地。您接受了一道狂妄的命令，您虚张声势，要去执行，可是，等到把这件事仔细一分析，您就发现自己根本没办法强迫人家服从。”

列车员端着架子说：

“先生们，你们已经听到那道命令，我已经尽了自己的责任。至于是不是遵守它，那你们就瞧着办吧。”说完这话，他转身要走。

“可是，等一等。这件事还没完。您说已经尽了自己的责任，我认为您这话说错了；即使您真的已经尽了自己的责任，那么我还有一项责任要尽哩。”

“您这是什么意思？”

“您是不是准备到了匹兹堡站，去总办事处告我违反了规章？”

“不是的。那样会有什么好处呢？”

“您必须去告我，否则我就要去告您。”

“告我什么呀？”

“告您不禁止这次玩牌，没遵守公司的命令。作为一个公民，我有责任协助铁路公司监督它的职工照章办事。”

“您这话是认真的吗？”

“是的，是认真的。我觉得您做人并没错儿，可是我认为，作为一个工作人员，您这样做事做得不对——您没执行那道命令；如果您不去告我，我一定去告您。我要去告。”

列车员显得迷茫不解了，他沉思了一会儿，后来突然激动地说：

“这倒像是我在找麻烦嘛！完全是一篇糊涂账；瞧我都被闹昏了，这可是从来没遇到的事情。人家一向依着你，从来不说一句话，所以我也就从来没注意到，那道没处罚办法的愚蠢的命令有多么荒谬可笑。我不要告任何人，我也没要被任何人告——瞧，那样会给我招来无穷的麻烦！现在你们就继续玩牌吧——如果高兴的话，就玩上一整天吧——咱们再别为了这种事情找麻烦了！”

“不，我只是为了要维护这位先生的权利，才坐在此地——现在他可以回到自己的位子上来了。但是，您在离开这儿之前，是不是可以告诉我，您认为公司制订这条规章是为了什么吗？您能为这件事想出一个借口——我意思是说，一个合理的借口——一个至少表面上不是愚蠢的借口、一个不像是白痴想出来的主意吗？”

“这个，我当然能够。问到为什么要制订它，那道理很明白。那是为了不要伤害了其他乘客的感情——我意思是说乘客中那些虔信宗教的人。星期天在车上玩牌，亵渎了安息日，那会使他们不高兴的。”

“我本来也有同样的想法。可是，他们愿意自己在星期日旅行，亵渎安息日，却不愿意别人……”

“我的老天爷，您这可说到了点子上！以前我就从来没想到这一点。事实是，如果你开始仔细分析，就知道它是一条愚蠢的规章。”

就在这当儿，另一节车上的列车员走过来，打算很专横地禁止玩牌。可是特等客车的列车员拦住他，把他拉到一边，向他解释，此后再听不到他们谈起这件事了。

我在芝加哥卧病了十一天，结果没能看到博览会，因为，刚刚能够上路，我已经需要立即启程回东方去了。在我们出发的前一天，为了让我有个宽敞的地方，可以睡得舒服一些，少校已经订了一间卧车特别包厢。可是我们抵达车站时才知道，由于调配员一时疏忽，我们的那节车没被挂上。列车员给我们留下了一对卧铺——他说，这样办他已经尽了最大的力了。可是少校说，我们并不赶急，尽可以等着把那节车给挂上。列车员和颜悦色，但是含嘲带讽地说：

“也许，像您所说的，你们并不赶急，可是我们却非赶急不可呀。来，上车吧，先生们，上车去吧——别让我们尽

等着啦。”

可是少校非但不肯上车，也不许我上去。他要乘他所订的车，说他非那样不行。这一来那个急得直冒汗的列车员可不耐烦了，他说：

“我们这样做，已经尽了最大的力——我们没法做那不可能做到的事。你们要么就是用这套卧铺，要么就索性不用它吧。由于出了一个差误，现在时间太晚，已经来不及纠正，只好将就点儿，就这样凑合一下吧。别的乘客都是这样。”

“咳，您瞧，事情就坏在这里。如果他们也都要维护自己的权利，并且坚持到底，现在你们就不会这样满不在乎地试图践踏我的权利了。我根本没意思要给你们带来不必要的麻烦，但是我有责任保护下一位乘客不再这样受骗。所以我一定要乘我订的车。否则我就要在芝加哥待下去，控诉你们公司破坏了合同。”

“控诉我们的公司？——单单为了这样一件事！”

“当然。”

“您真的要这样做吗？”

“可不是，我就是要这样做。”

列车员向少校怀疑地打量了一会儿，然后说：

“这可把我闹糊涂了——这可是新鲜花样——我以前从来没碰到过这样的事儿。可是，我完全相信，这样的事您会做出来的。这么着，我找站长去。”

站长刚来到的时候十分恼怒——恼的是少校，而不是那个造成差误的调度员。他态度相当粗暴，也像列车员开始那样。但是他怎么也没法说服这位措词委婉的炮手，后者仍旧坚持要乘他所订的车。但是，事情很明显，在这种情形下只有一方能占上风，而结果占上风的一方当然是少校。站长只好收起恼怒的神情，装出和蔼的样子，甚至多少表示了歉意。这给和解提供了一个良好的开端，于是少校作出妥协。他说情愿放弃已订的特别包厢，但必须有另一间包厢。经过一番寻觅，终于找到一间特别包厢，那包厢的主人是个好说话儿的，肯用他的包厢调换我们的卧铺，我们终于出发。那天晚上列车员来看我们，他亲切客气，十分殷勤，和我谈了很久，最后我们结成好友。他说希望公众会更常常给他们多添一些麻烦——因为那样只会产生有益的影响。他说，旅客不能指望铁路公司尽他们的一切责任，除非他们自己也多少关心那些事情。

我希望我们已经结束了这次旅程中移风易俗的工作，然而事实并非如此。第二天早晨，少校在餐车里要一客烤鸡，侍者说：

"菜单上没这道菜，先生；我们只供应菜单上有的。"

"瞧那位先生在吃烤鸡。"

"对，可是那情形不同呀。他是一位铁路公司监督。"

"那我就更非要烤鸡不可。我不喜欢这种有区别的待遇。请您赶紧去——这就给我来一客烤鸡。"

侍者把管事的找来了。管事的低声婉言解释，说这件事是不可能办到的——这违反规章，规章是很严格的。

"那么，好吧，您必须一律执行这条规章，或者一律取消这条规章。您必须要么就拿走了那位先生的鸡，要么就给我也来一客。"

管事的惶惑无主，有点儿不知所措了。他开始东拉西扯地辩解，可就在这时候，那个列车员走过来，问发生了什么争执。管事的说，这里有位先生，他定要点一客鸡，可这是绝对违反规章的，而且菜单上也没这菜。列车员说：

“你照章办事嘛——没其他办法。等一等……是这位先生吗？”接着他就大笑起来，说：“别去管你们那些规章吧——这是我给你的忠告，听我的话没错儿。他要什么就给他什么——别让他又在他的权利问题上大发议论啦。他点什么就给他什么吧；如果你们手头没鸡，那么就停下了车去买吧。”

少校吃了鸡，但是说，他之所以这样做，只是出于责任感，为的是要维护一条原则，其实他是不爱吃鸡的。

可不是，我没看到博览会，但是我学到了一些怎样运用权术的手段，将来这些手段也许对我和读者都是方便有用的哩。

---

注释

① 美国芝加哥万国博览会于 1892 年 5 月 1 日开幕，翌年 10 月 30 日结束，本文写于 1893 年。

② 一种旧式马拉的有轨的车。

③ 在英文中“battering ram”的一个意思是“撞角羊”，另一个意思是古代用的一种军器破城槌——古代用的一种军器。

# 白象失窃记

## 一

一次我在火车上偶然认识了一个人，他给我讲述了下面这个稀奇的故事。他是一位七十多岁的老先生，他面貌十分和善而斯文，态度真挚而诚实，这些品质使从他口中说出的每一个细节都打上了无可置疑的真实印戳。他讲道——

你知道暹罗[①]的皇家白象在那个国家里受到广大人民多大的尊敬吗？你知道吧，它是国王御用的，只有国王才能拥有它，而且实际上，在某种程度上说，它甚至比国王的地位还要高，因为它不仅受人尊敬，还受人崇拜哩。说来凑巧，五年前，大不列颠帝国与暹罗之间因为国界线问题起了一点纠纷，随后就证明了错误在暹罗方面。因此所有赔偿事项迅速执行了，英国代表说他很满意，便既往不咎了。这使暹罗国大大地松了一口气，于是一方面是表示对英国的感激，一方面也许是为了消除英国对他可能残存的一点不满情绪，暹罗准备送给英女王一件礼物——根据东方人的想法，这是与敌方和解的唯一妥当办法。这件礼物不仅应该是高贵的，而且应该是异乎寻常的高贵的。那么，还有什么东西能比一只白象更合适呢？我当时在印度担任一个文官职务，因此大家认为我配得上给女皇陛下贡献这件礼物的光荣任务。暹罗政府给我配了一艘船，还配了仆从、随员和伺候大象的人。我按时到达了纽约港，就把我那受皇家重托的礼物安顿在泽西城，让它住在颇为讲究的地方。在继续航行之前，我们不得不在这儿呆一段时间，好让那只牲畜恢复健康。

过了两个星期，一切平安无事——随后我的灾难降临了。那头白象被人偷走了！午夜时分我被人从床上叫起来，被告知了这个可怕的不幸事件。好一会儿，我又恐慌又焦急，茫然不知所措；我真不知道该怎么办才好。然后我渐渐平静下来，恢复了神智。我不久就想出办法了——因为实际上那是一个聪明人所能采取的唯一办法。那时候夜虽然深了，我还是赶到纽约，找到一位警察引我到刑侦总部去。幸运的是，我来得还算及时，侦缉队的头目、著名的督察长布伦特正准备动身回家。他是个中等身材、体格结实的人。当他深思的时候，他总是皱着眉头，全神贯注地用手指敲打着前额，这马上使你确信你面前站的不是一个平凡人物。一看到他，我就有了信心，充满希望。我讲了我的来意。这件事丝毫也没使他惊慌，这对他那钢铁一样的镇定没有什么明显的影响，就像我告诉他有人偷了我的狗一样。他挥手让我坐下，平静地说道：

“请让我想一会儿。”

说毕，他就在他办公桌前坐下，把他的头斜靠在手上。在办公室的另一头，几个职员正在工作。在接下来的六七分钟里，我只听到他们钢笔的嚓嚓声。这时督察坐在那儿，陷入沉思中。最后他抬起头，我从他脸上坚毅的线条看出他已经深思熟虑胸有成竹了。他说道——他的声音低沉、给人极深的印象：

“这不是普通案件。每一步都要小心周到，每一步都要站稳脚跟，然后再试着走下一步。一定要保守秘密——要彻底地绝对地保守秘密。不要对任何人说这件事，甚至也不要对记者说。那些记者就由我来应付，我会让他们只知道一些符合我目的的消息。”他按了按铃，进来了一个年轻人。“阿拉里克，告诉那些记者暂时不要走。”那个小伙子出去了。“现在就让我们谈正经事吧——要有条有理的。干我这一行，要是不用严格而周密的办法，就什么事也干不成。”

他拿出一支钢笔几张纸。“那么——大象的名字？”

“哈桑·本·阿里·本·赛林·阿布达拉·穆罕默德·摩伊赛·阿汉莫尔·杰姆赛杰吉布荷伊·都里普·苏丹·埃布·布德普尔。”

“很好。常用名？”

“强布。”

“很好。出生地？”

“暹罗的首都。”

“父母还活着吗？”

“不——死了。”

“除它而外，它们还有其他孩子吗？”

“一个也没有。它是独生子。”

“很好。在这一项底下，有这几点就够啦。现在请描绘一下这头大象，不要遗漏任何细节，即使微不足道的细节也不要遗漏——那只是说，在你看来微不足道的。对于干我们这行的人，没有什么微不足道的细节；它们全都至关重要。”

我便描绘了一番——他一一记录下来。我说完时，他说道：

"现在听着，如果我记错了什么，就纠正一下。"

他念道：

"身高十九尺；身长从前额的顶部到尾巴的根部二十六尺；鼻长十六尺；尾巴长六尺；包括鼻子和尾巴总长四十八尺；象牙长九尺半；耳朵大小与这些尺寸相称；脚印好像一只桶子在雪地里留下的痕迹；象的颜色，灰白；每只耳朵有一个装饰珠宝的洞，像碟子那么大；有一个特别的嗜好，总爱向旁观者喷水，并且爱拿它的鼻子作弄人，不但是那些它认识的人，而且完全陌生的人它也作弄；右后腿微微有点瘸，左腋下因为从前生过疮有一个小疤；被偷时背上有一个有十五个座位的乘厢，还有一张与普通地毯大小差不多的金丝缎鞍毯。"

他记录的没错。督察长按了按铃，把这份说明书交给阿拉里克，说道：

"马上把这张东西印上五万份，寄到全州各个侦缉队和当铺去。"阿拉里克出去了。"哈——说了半天，总算还不错。另外，我还得要一张这东西的照片才行。"

我给了他一张。他认真地看了看，说道：

"只好将就点了，既然我们找不到更好的。可是它把鼻子卷起来，塞在嘴里。这一点不太好，这容易误导人，因为很显然它平常是不会这样的。"他按了按铃。

"阿拉里克，把这张照片印五万份，明天早上先办这件事，把它们和说明书一同寄出。"

阿拉里克出去执行他的命令了。督察长说道：

"当然，必须悬个赏。那么给个什么数目？"

"你看多少合适呢？"

“第一步，我认为——先来个两万五千元吧。这件事很复杂很难办；不知有多少逃避的路子和隐藏的机会哩。这些小偷到处都有朋友和同伙——”

“那糟透了，你知道那都是些什么人吗？”

那张谨慎的脸，总是惯于隐藏各种思想和感情，没有给我一点什么表示，他那若无其事的答话也没表示什么：

“那个你不用管。我可能知道，我也可以不知道。我们通常都是看犯案的人下手的方法和他所要弄到手的东西的大小入手去寻找一点微妙的线索来推测他是谁。我们现在要对付的不是一个扒手，也不是一个普通的小偷，这个你可要弄明白。这回被偷的东西不是一个生手随便‘搞’走的。办这个案子要跑许多地方，刚才我说过，小偷一路往别处跑，还要随时掩盖他们的踪迹，查起来也很费劲，所以照这些情形看，两万五千块钱还太少了一点，不过我想起头先给这个数目还是可以的。”

于是我们就商定了这个数目作为初步的悬赏。然后这位先生说道：

“在侦探史里的一些案子中，许多犯人是根据他们胃口方面的特点被抓住的。那么，这头大象吃什么？分量怎么样？”凡是可以作为线索的事情，这位先生没有不注意的。

“啊，说到它吃什么——它什么都吃。它会吃人，也会吃《圣经》——在人和《圣经》之间，不管什么东西它都吃。”

“好——很好，可是太笼统了。必须说得仔细一点——在我们这行，细节才是最有价值的。好吧——先说人。一顿饭——要不然你说一天也行——要是新鲜的话，它要吃几个人？”

“它不管他们是不是新鲜的，一顿饭它就要吃掉五个普通人。”

“很好；五个人，我们得把这个记下来。它最爱吃哪个国家的人？”

“它对国籍也不大在乎。它特别爱吃熟人，可是对生人也没有成见。”

“很好。那么，再谈谈《圣经》。它一顿要吃几部《圣经》？”

“它可以吃得下整整一版。”

“说得不够清楚，你是说普通的八开本，还是家庭用的插图本呢？”

“我想它对插图是不在乎的；也就是说，它不会把插图本看得比普通版本更贵重的。”

“不，你没有听明白我的意思。我说的是本子的大小。普通八开本的《圣经》大概是两磅重，可是插图的四开大本有十磅重到十二磅重。它每顿能吃几本多莱版的《圣经》[2]呢？”

“你要是认识这只大象的话，就不会问这些了。人家有多少它就吃多少！”

“好吧，那么照钱数来计算吧。这点我们总得大致弄清楚才行。多莱版每本要一百块，俄国皮子包书角的。”

“它大概要五万块钱的才够吃——就算是五百本的一版吧。”

“对，这倒是比较明确一点。我把这个记下来。好吧，它爱吃人和《圣经》，这些都说得很不错。另外它还要吃什么呢？我要知道详细情形。”

“它会丢开《圣经》去吃砖头，它会丢开砖头去吃瓶子，它会丢开瓶子去吃衣服，它会丢开衣服去吃小猫，它会丢开小猫去吃牡蛎，它会丢开牡蛎去吃火腿，它会丢开火腿去吃糖，它会丢开糖去吃馅儿饼，它会丢开馅儿饼去吃洋芋，它会丢开洋芋去吃糠皮，它会丢开糠皮去吃干草，它会丢开干草去吃燕麦，它会丢开燕麦去吃大米，因为它主要是靠大米喂大的。除了欧洲的奶油外，无论什么东西它都没有不吃的，就连奶油，它要是尝出了味道，也会吃的。”

“好极了。平常每顿的食量是——这个大概——”

“嗨，从四分之一吨到半吨之间，随便多少都行。”

“那么它喝——”

“只要是液体它就会喝。牛奶、水、威士忌、糖浆、蓖麻油、樟脑油、石炭酸——没有必要一一列举，你无论想到什么液体记下来就行了。除了欧洲咖啡外，只要是液体的东西它都喝。”

“好极了。那么喝的量怎么样？”

“你就写五至十五桶吧——它口渴程度是变化不定的；别的方面，它的胃口是不变的。”

“这些事情很重要。这些能提供很好的线索找到它的。”

他按了按铃。

“阿拉里克，把彭斯队长找来。”

彭斯来了。布伦特督察长把全部案情给他说明了，一五一十说得很详细。然后他用爽朗而果断的口吻说（从他的声调里可疑听出他的办法已经拟定得很清楚，而且也可以知道他是惯于下命令的。）——

“彭斯队长，派侦探琼斯、大卫、哈赛、培兹和哈启特他们去暗访这只大象。”

“是，长官。”

“派侦探摩西、达金、墨菲、罗杰斯、塔伯、希金斯和巴托罗缪他们去暗访窃贼们。”

“是，长官。”

“在大象被偷的地方安排一个强有力的卫队——精选三十个弟兄，还有三十个轮班的——叫他们在那里日夜严格守卫，没有我的书面手令，谁也不准靠近——除了经我允许的记者。”

“是，长官。”

“派些便衣侦探到火车上、轮船上和码头仓库那些地方去，还有从泽西城往外面去的大路上，命令他们搜查所有形迹可疑的人。”

“是，长官。”

“把那头大象的照片和附带的说明书拿给这些人，吩咐他们搜查所有的火车和往外开的渡船和其他的船只。”

“是，长官。”

“要是发现那只大象，就把它捉住，打电报通知我。”

“是，长官。”

“要是找到什么线索，也要马上通知我——不管是这畜生的脚印，还是其他什么东西。”

“是，长官。”

“发布一道命令，叫港口警察留心巡逻河边一带。”

“是，长官。”

“赶快派便衣侦探到所有铁路上去，往北直到加拿大，往西直到俄亥俄，往南直到华盛顿。”

“是，长官。”

“派一批专家到所有电报局去，收听所有电报，叫他们要求电报局把所有密码电报都译给他们看。”

“是，长官。”

“这些事情千万要做得极端秘密——注意，要秘密得绝对不走漏消息才行。”

“是，长官。”

“按照通常的时刻准时向我报告。”

“是，长官。”

“去吧！”

“是，长官。”

他走了。

布伦特督察长沉思了一会儿，没有作声，同时他眼睛里那股子火气渐渐冷静下来，终于消失了。然后他向我转过身来，用平静的声音说道：

“我不善吹牛，那不是我的习惯；可是——我们一定能找到那头大象。”

我热情地握着他的手，向他表示感谢，我心里也确实感激他。我越看这位先生，就越喜欢他，也越对他这个行业中那些神秘不可思议的事情感到羡慕和惊讶。然后我们在这天晚上暂时分手了。我回寓所时，比到他办公室去的时候心情畅快多了。

## 二

第二天早上，一切都登上报了，登得非常详细。甚至还增加了新内容——包括侦探某甲、侦探某乙和侦探某丙的“推测”。估计这次窃案是怎么干的，盗窃犯是谁，以及他们带着赃物到什么地方去了。一共有十一种推测，那一切可能的估计都包括了；单就这一个事实就表明侦探们是一些多么独立的思想者。没有哪两种推测是相同的，甚至连大致相似的都没有，唯一相同的只有一个显著的情节。关于这一点，十一个的见解都是显著一致的，那就是，虽然我的房子后面被人拆开了墙，而唯一的门又照旧是锁着的，那只象却并不是由那个口子牵出去的，而是由另一条出路（目前还没有发现的）出去的。大家一致认为这个盗窃犯是故意拆开一个豁口，迷惑侦探们。像我或是任何其他外行，恐怕决不会想得出这个，可是这却一点儿也骗不了侦探们。所以我所认为没有什么奥妙的唯一一件事情实际上正是把我弄得最迷糊的一件事情。十一种见解都指出了盗窃嫌疑犯，可是没有两个人说的盗窃犯是相同的，嫌疑总数共计三十七人。报纸上各种记载都以那最重要的意见作结——那就是布伦特督察长的意见。其中有一部分是这样写的——督察长知道这两个主犯是谁，他们就是“好汉”达菲和“红毛”麦克法登。在这次盗窃事件发生前十天，他就预感到会有人干这件事，并悄悄着手暗中盯梢这两个臭名昭著的坏蛋。但是不幸的是，事发当晚，他们突然失去了踪迹，还没有来得及找到他们的下落，那只鸟已经飞跑了——就是说，那只象。

达菲和麦克法登是干这一行的最大胆的匪徒；督察长有理由相信就是他们在去年冬天一个寒冷的夜晚从侦缉队总部偷走了那个火炉——结果还没到第二天早上，督察长和在场的每个侦探就只好去找医生了。有的人冻坏了脚，有的人冻坏了手指头、耳朵和其他东西。

我看了这段文字的前半部分时，对这位奇人那了不起的智慧更加诧异了。他那明亮的眼光不但看透了眼前的一切，就连未来的事情也瞒不住他。我不久就又去了他的办公室，对他说我多么希望他早就逮捕了那些人，这样就可以预先防止发生这件麻烦事和一切损失了；但是他的回答很简单，而且无可辩驳：

“我们责任范围内的事不是预防犯罪，而是去惩罚犯罪。我们必须等到犯罪发生了，才能去惩治它。”

我说我们第一步的秘密被报纸破坏了，不但我们的一切事实，连我们所有的计划和目的通通被泄露了，甚至所有嫌疑犯的名字也被宣布出来了；那些人现在当然就会化装起来，或是藏起来。

“随他们去吧，他们会发现只要我准备抓他们，我的手就会落在他们身上，把他们从秘密地方捉来，就像命运之手一样准确。至于报纸，我们非和他们通通气不可。名誉，声望，经常被公众谈到——这些是侦探的面包和黄油。他必须公布他的事实，否则人家还以为他们根本就不知道什么事实。他也必须公布他的推测，因为无论什么事情也赶不上一个侦探的推测那么稀奇、那么惊人，而且这也最足以使人对记者们特别敬佩；我们还必须公布我们的计划，因为报纸刊物非要这个不可，我们要是不给他们，就不免要得罪他们。我们必须经常让大家知道我们在干些什么，否则他们就会以为我们什么也没有干。我们与其让报纸上说些刻薄话，或者更糟糕，说些讽刺话，就不如让它说，‘布伦特督察长的聪明和非凡的推测是如此这般，’那要痛快得多啦。”

“我知道您的话是很有道理的，可是我看出了今天早上报纸上发表您的谈话，里面有一段说到您对某一个小小问题不肯吐露您的意见。”

“是呀，我们常来这一手，这是颇有作用的。况且我对那个问题根本就没有一定的主张哩。”

我交了一笔数目相当大的款子给督察长，作为临时开支，于是坐下来等待消息。现在我们随时都准备着电报会陆续拍来。我把报纸再拿来看，又看看我们那份说明的传单，结果发现那两万五千块钱的悬赏似乎是专给侦探们的。我说我认为那笔奖金应该给捉到那只象的人。督察长却说——

“只有侦探们才会找到那只象，所以奖金反正会归应得之人的。要是别的人发现那只象，那也只不过是靠着留心侦探们的行动，利用从他们那儿偷来的线索发现的。因此归根到底，奖金也是该归侦探们的。奖金的正当作用是用来鼓励那些贡献他们的时间和他们的专门智慧来干这类事情的人，而不是要把好处送给那些幸运儿，他们不过是碰巧发现一件悬赏寻找的东西，并不是靠他们的才能和辛苦而赚得这笔奖金的。”

当然，这实在是合情合理。现在角落里的电报机开始响起来了，结果就是下面这份急电：

纽约，鲜花火车站，上午7：30

找到了线索。附近农场上发现一串很深的足迹。向东边跟踪了两英里，没有结果；想来大象已西去。正准备向该方追踪……

侦探达利

“达利是我们队里最优秀的侦探之一，”督察长说道，“我们不久之后就会再收到他的消息的。”

第二个电报又来了：

新泽西，巴克镇，上午7：40

刚刚抵达该地。昨晚玻璃厂被闯入，吞去瓶子八百只。附近唯一多水处在五英里外。必向该地前进。象必已渴。所吞系空瓶。

侦探贝克

“这也很有希望，”督察长说道：“我告诉过你这家伙的胃口会提供好线索的。”

第三封电报来了：

长岛，台洛维尔，上午8：15

附近一堆干草夜间失踪。想已被吃。已有线索，继续追查。

侦探赫巴德

“这家伙真是东奔西窜！”督察长说道，“我早就知道这是件麻烦事，但我们终会抓住它的。”

纽约，鲜花火车站，上午9：00

向西跟踪三英里。足迹大而深，不整齐。适遇一农民，据云并非象脚印，乃冬寒地冻时挖出树秧之坑。请示机宜。

侦探达利

“哈！窃贼的同伙！这事情越来越热闹了。”督察长说道。

他口授了下面这封电报给达利：

逮捕此人，逼供同伙。继续追踪——如若必要，直抵太平洋。

督察长布伦特

又来了下一封电报：

宾夕法尼亚，康尼点，上午8：45

煤气公司营业部夜间被闯入，失去三个月未付款煤气账单。已获线索，续进。

侦探墨菲

“天啦！”督察长说，“它连煤气账单也吃吗？”

“它大概不知道——当然吃喽；可是这不能饱肚子。至少没有别的东西一块吃下去是不行的。”

这时候又来了个令人兴奋的电报：

纽约，爱隆维勒，上午9：30

适抵此地。全村惊惶万状。今晨五点大象路经此地。或曰东去，或曰西去，或曰北去，或曰南去——但众人均称彼等未及细察。象杀一马，已割取小块马肉供线索用。系以鼻杀者，由方式推断，似系自左方袭击者。由此马卧地姿势推断，料象已沿柏克莱铁路北去。先行四小时半；拟立即跟踪追捕。

侦探郝威士

我欢呼出声。督察长还是像一尊雕像一样不动声色。他镇静地按了按铃。

“阿拉里克，叫彭斯队长来。”

彭斯队长来了。

“有多少人可以立即执勤？”

“九十六个，长官。”

“马上派他们向北方去。叫他们集中在爱隆维勒以北柏克莱铁路沿线一带。”

“是，长官。”

“叫他们高度秘密行动。另外还有别的人下班时，马上叫他们准备出勤。”

“是，长官。”

“去吧！”

“是，长官。”

不一会儿又来了另一封电报：

纽约，赛治康勒斯，10：30

适抵此地，象已于八时十五分路经此地。全镇人已逃空，仅留一警察。象显然未袭击警察，但袭击了灯柱。但击中两者。已自警察尸体割肉一块供线索用。

侦探斯达姆

“这么看来象已掉头向西去了。”督察长说，“不过，它逃不掉，我的人已经分散到那地方各处了。”

下一个电报说道：

格洛华村，11：15

刚抵达此地。全村人已逃空，仅余老弱病残者。三刻钟前象由此经过。正值反禁酒群众大会开会；象由窗中伸入其鼻，自蓄水池吸水将会众冲散。有人呛水——旋即死去；数人淹毙。侦探克洛斯和奥少夫纳西曾过此镇，但向南行——故错过该象。周围数里地区均大为惊恐——居民均由家中逃出。逃往各处，均遇此象，丧命者颇多。

侦探布朗特

我简直要流泪了，这场灾难真让我难受。但是督察长只说道：

“你瞧——我们正一步步包围它哩。它觉出了我们来了；它又掉头向东了。”

可是还有许多让我们伤脑筋的问题正等着我们哩。又一个电报带来了这个消息：

霍根斯波特，12：19

适抵此地。半小时前象行经此地，曾引起极度惊恐与兴奋。象在各街横行——装管工两人经过，一人丧命——一人逃脱。众皆悲恸。

侦探奥弗拉赫蒂

“这下子它可被我的人包围住了，”督察长说道，“它再也逃不掉了。”

分布到新泽西和宾夕法尼亚各地的侦探们又拍来了一连串电报，他们都在追踪各种线索，其中包括被蹂躏的粮仓、工厂和主日学校的图书馆，大家都怀着很大的希望——实际上这些希望简直成了确有把握的事。督察长说道：

“我很想和他们联络一下，命令他们向北去，但这是不可能的。侦探只是到电报局去发电报向我报告，报告完他们就走了，你简直不知道在哪儿抓得到它。”

这时候又来了这份急电：

康涅狄格，桥港，12：15

巴南愿出每年四千元代价，获得使用此象作流动广告之特权，自现在至侦探寻获此象时为止。拟在象身上贴马戏团招贴。盼即复。

侦探波格斯

“这简直是荒谬绝伦！”我大喊道。

“当然不错，”督察长说道，“很显然，巴南自以为精明，可他不了解我——但我可了解他。”

然后他给这个急电口授了回电：

谢绝巴南所提条件。需七千元，否则作罢。

督察长布伦特

“看吧。不要等多久就会有回电。巴南先生不会呆在家中，他就在电报局——他交涉生意时总有这个习惯。三分钟内——”

“成交。——巴南。”

电报机的声音打断了督察长的谈话。我对这个非常离奇的插曲还没有来得及发表意见，下面这个急电就把我的心思引到一个让人苦恼的方向去了：

纽约，布里维亚，12：50

象由南方抵此，十一时五十分过此向森林前进。途中驱散送殡行列，送葬者牺牲两人。居民放小炮击象后逃散。侦探柏克与我十分钟后由北方赶到，但因误认若干地下土坑为象踪，致延误甚久。但终获象踪，追至森林。然后伏地爬行，继续注视象踪，追随至丛林中。柏克先行，不幸象已停步休息，故柏克因低头察看象踪，尚未发觉象在眼前，头已触其后腿。柏克即刻起立，手握象尾欢呼，“奖金应归……”但出言未毕，象鼻一击已使此勇士粉身碎骨而死。我向后逃，象转身穷追，直至林边，迅速惊人。我本非丧命不可，幸因老天之佑，送葬行列所余数人又与象遭遇，使其转移目标。现闻送葬者无一人生还；

康涅狄格，桥港，12：15
巴南愿出每年四千元代价，
获得使用此象作流动广告之特权，
自现在至侦探寻获此象时为止。
拟在象身上贴马戏团招贴。盼即复。
侦探

但此种损失不足惜，因下次丧仪送葬者定不乏人。象已再行失踪。

侦探慕尔隆尼

分派到新泽西、宾夕法尼亚、得拉维尔和弗吉尼亚等地的那些苦干和有信心的侦探们都在跟着有希望的新线索追寻。我们除了从他们那里以外，没有得到任何消息，直到下午两点过后，才接到这个电报——

巴克斯特中心，2：15

象曾到此地，周身贴马戏团广告，驱散一兴奋会[③]，将希图升天者毙伤甚多。居民将象囚于栏中，派人守卫。其后侦探布朗与我来此，即入栏持照片与说明书对此象进行鉴定。各种特征一概相符，仅有一项不得见——即腋下疮疤。布朗为查明起见，匍匐至象体下细察，结果立即丧命——头部被击碎，但从碎脑中未发现消息。众皆奔逃，象亦匿去，横冲直撞，伤亡多人。象虽逃去，但因脚伤，沿途均留显著血迹。定能再度寻获。今象已穿越茂林向南前进。

侦探布南特

这是最后一个电报。当天晚上，降了一场雾，非常之浓，以至于三英尺外的东西都看不见。浓雾整夜未散。渡船甚至是公共汽车都不得不停开。

## 三

第三天早上，报纸像从前一样登满了侦探们的种种推测；他们把侦探们的种种惨剧也详细地登了出来，还有许多从各地电报通讯员处获悉的消息。篇幅占了一栏又一栏，一直占到一版的三分之一，还加上醒目的标题，看了使我心里烦闷不堪。它们的一般语调就像这样——

白象仍逍遥在外！它仍在继续前进，到处闯祸！各村居民惊骇欲狂，逃避一空！白色恐怖在它前面传播，死亡与腐烂紧随其后！侦探紧追不舍。粮仓被毁，工厂被洗劫一空，收成被吃光，群众集会被驱散，种种惨相，无法形容！侦缉队中三十四位最出色的侦探的推测！布伦特督察长的推测！

“看吧！”布伦特督察长说道，几乎难以掩饰他的兴奋，“这真是精彩极了！这是侦探机关从来没有碰到过的好运道。这件事的名声会传到天涯海角，永垂不朽，我的名字也会一块四处传扬！”

但是我却高兴不起来。我感到那些血案似乎是我干的，那只象只不过是我不负责任的代名词而已。受害人增加得多快呀！在某个地方，它“扰乱了一次选举，还弄死了五个投重票的违法选民”。在这个举动之后，它又杀害了两个不幸的人，他们名叫奥顿诺休和麦克弗兰尼肯。“前一天才到这全世界被压迫者的家乡④来避难，正第一次准备享用作为美国公民的光荣权利参加投票，却遭遇了这个暹罗煞星的毒手而命丧黄泉”。在另一处“它遇上了一个狂热的富有鼓动性的传道士，他正准备在下一个季节里对舞蹈、戏剧和其他许多不能还击的事物进行英勇的攻击，却被“煞星”一脚踩死了”。又在另一个地方，它“杀死了一个避雷针经理人”。遇难的人数越来越多，血腥气越来越重，让人心碎的事越来越多。共有六十个人遇难，两百四十个人受伤。一切记载都证明了侦探的活动和热心，而且结尾都是说：“有三十万公民和四个侦探看见了这个可怕的畜生，而四个侦探中就有两个被它弄死了。”

我都害怕再听到电报机的嗒嗒声再次响起。不久各种消息就涌来了，不过这些消息让我感到失望。不久就明白了，象已不知去向。浓雾使它能找到一个很好的藏身之处，不被人发觉。从许多遥远得荒唐的地方发来一些电报称有人在某时某刻瞥见一个模糊的庞然大物，那“毫无疑问是大象”。有人在纽黑文曾看到过这个模糊的庞然大物，还有人在新泽西、宾夕法尼亚、纽约市区、布鲁克林，甚至在纽约州内地都看到过它！不过最后这个模糊的庞然大物就都很快烟消云散了，而且无影无踪。庞大的侦缉队分散到广大地区的每个侦探都按时来电报告，人人自称都有线索，并在追踪某种东西，而且是拼命穷追不舍。

但是一天过去了，没有任何结果。

下一天又是一模一样。

下一天还是一模一样。

报纸上报道开始变得千篇一律，上面的各种事实都毫无价值，各种线索都是没有结果的，各种推测几乎都是搜尽枯肠想出来故意使人惊讶、高兴和眼花缭乱的。

我遵照督察长的建议，把奖金增加了一倍。

又过了四个沉闷的日子。然后那些可怜的、干得起劲的侦探们遭到了一次严重的打击——报馆记者们谢绝发表他们的推测，很冷淡地说，“让我们歇一歇吧”。

白象失踪两星期后，我遵照督察长的意见把奖金增加到七万五千元。这是个很大的数目，但是我觉得我宁愿献出我所有的私人财产，也不愿意失去我的政府对我的信任。现在侦探们倒了霉，报纸就转过笔锋来攻击他们，对他们加以最令人难堪的讽刺。这使一些卖艺的歌手们想出了一个好主意，他们把自己打扮成侦探，在舞台上用可笑至极的方法追寻那只象。漫画家们画出那些侦探拿着小望远镜，在全国各地一处一处地仔细察看，而象却在他们背后从他们口袋里偷苹果吃。他们还把侦探们戴的徽章画成各式各样可笑的漫画——

侦探小说的封底上用金色印着这个徽章，你一定是看到过的——那是一只睁得很大的眼睛，配上“我们永远不睡”这几个字。侦探们到酒店去喝酒的时候，那故意逗笑的掌柜就重拾一句已过时的老话，说“你要杯醒眼酒吗？”空气中弥漫着浓厚的讽刺氛围。

但是有一个人在这种氛围中始终保持镇静，处之泰然，不动声色。那就是坚定不移的督察长。他那双勇敢的眼睛永不表示丧气，他那沉静的信心永不动摇。他总是说道：

“让他们嘲笑去吧，谁笑到最后，谁就笑得最好。”

我对这个人的仰慕渐渐地渗透着缕缕崇拜的情绪。我总是呆在他身边。他的办公室对我而言已经成了一个不愉快的地方，现在这种不愉快越来越严重。当然，要是他能够忍受这点，我也打算撑下去——至少，能撑多久就撑多久。因此我就频繁造访，并且呆在那儿——看来我好像是唯一能忍受下去的外人。每个人都惊奇我怎么能忍受得了。我每每似乎觉得非开小差不可，但是一到这种时候，我就看看那张沉着而且显然不动声色的脸，便又坚持下去了。

象失踪三个星期后，一天早上我正准备说我不得不偃旗息鼓时，那个伟大的督察长却提出了一个绝妙的办法来，这便打消了我那个念头。

那就是与窃贼们妥协。虽然我曾和世界上许多最聪明的人打过许多交道，可是这位先生主意之层出不穷实在是我生平仅见的一例。他说他相信可以出十万元与对方协商，便能找到那只象。我说我相信我勉强可以凑齐这数目，但是那些可怜的侦探如此忠心耿耿干了那么久怎么办呢？他说道：

“按照妥协的办法，他们照例得一半。”

这就打消了我唯一的反对理由。于是督察长就写了两封短信，内容如下——

亲爱的夫人——你的丈夫只要立即与我会谈一次，就可以获得一笔巨款（而且完全受法律保护）。

督察长布伦特

他派他的心腹信差给“好汉”达菲的“想当然的妻子”送去一封信，另一封送给“红毛”麦克法登的“想当然的妻子”。

一小时内，来了两封无礼的回信：

你这老傻瓜：“好汉”达菲已经死了两年了。

布里格特·马汉尼

督察长你这个瞎子，“红毛”麦克法登早就被绞死了，升天都有一年半了。除了当侦探的，随便哪个蠢驴都知道这件事情。

玛丽·奥胡利根

“我早就猜想到这些事情啦，”督察长说道，“这个证明足见我的直觉是千真万确的。”

一个办法行不通，他又心生一计了。他马上写了一个广告登在晨报上，我抄了一份如下：

子——亥戌丑卯酉。二四二辰。未丑寅卯——辰亥三二八戌酉丑卯。寅亥申寅，——；二巳！寅丑酉。密。⑤

他说只要小偷还活着，见了这个广告就会到约会的老地方去的。他还说明了向来约会的地点是罪犯和侦探之间进行谈判的地方。这次约会规定在第二天晚上十二点举行。

第二天晚上十一点，我带着十万元现钞，交到督察长手里。过了一会儿他就告辞了，眼睛里流露出那种勇往直前、一向没有消失的信心。一段几乎无法忍受的时光终于熬过去了，然后我听见他那可喜的脚步声，于是我喘着气站起来，一歪一倒地跑过去迎接他。他那双明亮的眼睛里发出多么得意的闪光啊！他说——“我们妥协了！那些开玩笑的家伙明天就要改变论调啦！跟我来！”

他拿着一支燃着的蜡烛大步地走进一个绝大的圆顶地窖，那儿经常有六十个侦探在睡觉，这时候还有二十个在打牌消遣。我紧跟在他后面。他飞快地一直往地窖里老远的、阴暗的那一头走过去；我正在闷得要命简直要晕倒时，他一下子绊倒了，倒在一个大家伙伸开的肢体上。我听见他一面倒下去，一面欢呼道——

“我们这门高贵的职业果然是名不虚传。你的象在这儿哪！”

有人把我抬到上面办公室里，用石炭酸使我清醒过来。整个侦缉队都拥进来了，随后那一番欢天喜地的祝贺真是热闹非凡，我从来没有见过那种场面。他们把记者都邀请过来，打开一箱一箱香槟酒痛饮祝贺，大家握手、道贺，简直没完没了，兴头十足。当时的英雄人物当然是督察长，他的快乐到了顶点，而且也是靠他的耐心、品德和勇敢换来的。所以叫我看了很喜欢，虽然我站在那儿，已经成了一个无家可归的穷光蛋，我受托的那个无价之宝也死了，我为本国服务的职位也完蛋了，一切都由于我向来似乎有个致命的老毛病，对于一个重大的托付老是粗心大意地执行。一双双传神的眼睛对督察长表示了深切的敬仰，还有许多侦探在悄悄地说道，“你瞧瞧人家——实在是这行的大王——只要给他一点线索就行，他就只需要这个，不管什么东西藏起来了，他没有找不着的”。大家分那五万元的奖金的时候真是兴高采烈；分完之后，督察长一面把他那一份塞进腰包，一面发表了一个简短的讲话，他是这样说的，“痛痛快快地享受这笔奖金吧，伙计们，因为这是你们赚来的；并且还不只这个——你们还给侦探行业博得了不朽的名声”。

又来了一个电报，内容是——

三星期来，初遇一电报局。随象踪骑马穿过森林，抵此地时已奔波千英里，脚印日见其重，日见其大，且日益显明。望勿急躁——至多在一个星期内，定能将象寻获。万无一失。

侦探达利

督察长叫大家给达利欢呼喝声，给“侦缉队这位能手”欢呼，然后吩咐手下给他打电报去，叫他回来领取他那一份奖金。

被偷的白象这个惊人的插曲就这样完结了。第二天报纸上又是好听的满篇恭维话，只有一个无聊的例外。这家报纸说，“侦探真是伟大！像一只失踪了的象这么一个小小东西，他找起来也许是慢了一点——白天，他尽管整天寻找，夜里就跟象的尸体睡在一起，一直拖了三个星期。可是他终归还是把它找到了——只要把象错放那里的人把地点告诉他就行了！”

我永远失去了可怜的哈桑。炮弹给了它致命伤。它在雾里悄悄地走到那个倒霉的地方，在许多的包围中，又经常有受到侦缉的危险，它连饿带熬，一直瘦下来，最后死神才给了它安息。

最后的协商花了我十万块钱。侦缉费用另外花掉了四万三千块。我再也没有向我本国政府去申请一个职位。我成了倾家荡产的人，成了个落魄人间的流浪汉——可是我始终觉得那位督察长先生是全世界空前伟大的侦探，我对他的敬仰至今没有减退，而且一辈子也不会改变。

---

注释

① Siam，暹罗，泰国的旧称。

② 多莱版《圣经》是印有十九世纪法国名画家路易·多莱（1832-1883）的插图的讲究版本。

③ 兴奋会，基督教中的一种布道会。

④ 当时，许多美国人自以为美国是自由和平等的国家，被压迫者的避难所。作者在此是用讽刺的口吻来说的。

⑤ 原文为："A.xwblv.242N.Tjnd–fz328wmlg.Ozpo,–;Zm!ogw.Mum."这是督察长的暗语。

# 三万元遗产

## 一

湖滨镇是一个有五六千人口的小镇，生活舒适，在远西部的镇子里算得上挺漂亮的一个。小镇的各教堂总共能容得下三万五千人；这是远西部和南方的规矩：那里人人都信教，新教的各个教派都有信徒，也都有自己的一块地盘。湖滨镇里没有高低贵贱之分——反正没有人接受等级观念。镇子里的每一个人，每一条狗大家都认识，人人都沉浸在融融友情之中。

萨拉丁·福斯特是镇上最大一家商店的会计。在湖滨镇上干这一行的人里面，他拿的薪水最高。他今年三十五岁，在这家店里干了十四个年头；他从成亲的那个星期干起，当时的年薪是四百块，以后慢慢地往上加，每年加一百块钱；四年后加到年薪八百块，就一直保持了下来——这笔钱数目可观，大家也都觉得他应该拿这么多。

他的妻子伊莱克特拉是个贤内助，只是和丈夫一样，爱幻想，喜欢背着人看点儿闲书。她结婚以后——那时她十九岁，还像个孩子——做的第一件事，就是付了二十五块现钱——她的全部积蓄，在镇子边上买了一英亩地。那时萨拉丁的积蓄比她还少十五块钱。伊莱克特拉把这块地做了菜园，让隔壁的邻居照管，一年向她交的钱就还了本。她从萨拉丁头一年的薪水里攒出三十块钱存到储蓄所，第二年攒了六十，第三年攒了一百，第四年攒了一百五十。那时萨拉丁的年薪加到了八百，与此同时，孩子也生了两个，开销大了起来。尽管如此，她还是每年从丈夫的薪水里面拿出二百块钱来存上。结婚七年以后，她在那片菜地中间盖了一幢又漂亮、又舒适的房子，造价两千块钱。她先付了一半的钱搬了进去。再过七年，她还清了债，还剩下几百块钱的结余，用来当本钱赚钱。

伊莱克特拉赚钱靠的是地价上涨。多年以前，她还买过一两英亩地，后来这些地大都卖给了想建房的人，赚了钱。买她地的那些人脾气不错，能当好邻居，和她以及她不断扩大的家庭处得不错，相互有个照应。从这些稳妥的投资中，她每年都有大约一百块钱的额外进项。她的孩子们一年年长大，越长越可爱；她也成了一个快快乐乐的女人。丈夫和孩子给她欢乐，她也把欢乐给了丈夫和孩子。故事就是在这个节骨眼上开始的。

最小的女儿克莱藤内斯特拉——就叫她克莱蒂吧——十一岁了，她的姐姐格雯德伦——就叫她格雯吧——十三岁，姐俩都是文文静静的好女孩。这姐俩的名字都透着父母天性中隐含的浪漫气质，而父母的名字说明这种气质又是从前辈传下来的。这是一个其乐融融的家庭，家里的四口人全都有爱称。萨拉丁的爱称很少见，听不出是男是女——他叫萨利；伊莱克特拉也是这样，她叫艾莱柯。白天，萨利是个好会计、好商人，工作兢兢业业；艾莱柯是个尽职尽责的好母亲、好主妇，也是一个深谋远虑、有生意头脑的妇女。一到晚上，他们就在温馨的起居室里撇开了单调乏味的尘世，徜徉在一个更完美的世界里。他们轮流朗读小说，神游四方，在目眩神迷的华丽宫殿中、在阴森恐怖的古堡里与王公贵族、名媛高士为伍。

## 二

一个天大的消息！这个让人惊喜交加的消息是从邻州传来的，这一家人唯一在世的亲戚就住在那里。那人是萨利的亲戚——不是远房的族叔，就是隔了两三房的堂兄。这位亲戚名叫提尔伯里·福斯特，是个七十岁的单身汉。据说家道殷实，性子倔，多少有点儿古怪。以前萨利曾经写信和他联系过一次，以后就再也没有干过那种傻事。这一次是提尔伯里写信给萨利，说他快不行了，死后有三万块钱留给萨利；这倒不是出于亲情，而是因为一辈子的烦恼大多由钱这东西而来，所以他想死后把这些钱放到一个理想的地方，好让它们继续捣乱。这笔遗产将在他的遗嘱里做出交代，会如数付清。要拿到这笔钱，萨利必须向遗嘱执行人证明三点：一、萨利不以口头或书面方式表露出对这笔赠款的兴趣；二、不过问弥留者迈向黄泉路的进程；三、不参加葬礼。

还没等从这封信掀起的感情风暴中完全苏醒过来，艾莱柯就写了一封信到这位亲戚的居住地去，订阅当地的报纸。

夫妻俩人郑重约定：那位亲戚在世期间，决不向任何人提及这件大事，以免哪个不懂事的家伙拿这件事到快死的人那里去拨弄是非，好像是他们触犯禁令，故意张扬，辜负了馈赠这笔遗产的一番美意。

在这一天剩下的时间里，萨利记账记得漏洞百出，艾莱柯也心不在焉，一会儿端起个花盆，一会儿拿起本书，一会儿又拣起块木头，不知道自己要做什么。两个人都浮想联翩。

“三万块钱！”

整整一天，这几个令人心旌摇荡的字如仙乐一般在他们脑海中回荡。

从结婚那天起，艾莱柯就把钱包攥得紧紧的，除了必需的开销，萨利从来没花过一个小钱。

“三万块钱！”仙乐在继续回荡。一笔巨款，简直不可思议！

整整一天，艾莱柯绞尽脑汁，思量怎么拿这笔钱去赚钱；萨利想的却是怎么花这笔钱。

这天晚上的朗读项目停了。爸爸妈妈一言不发，心情烦躁，一点儿玩的心思也没有；孩子们也就早早地离开了。道晚安时的亲吻像给了空气，没有任何反应；爸爸妈妈根本没有意识到孩子们的吻，一个小时后他们才发觉孩子们离开起居室了。在这一个小时里，最忙的是两支铅笔，夫妇俩一直把它们拿在手里运筹帷幄。最后，萨利打破了沉默，兴高采烈地说：

“太好了，艾莱柯！夏天咱们先拿出一千块钱来，买一匹马，一辆马车；冬天再拿出一千块钱来，买一架雪橇和一副皮雪橇障子。”

艾莱柯的回答既果断又冷静：

“动这笔钱？不行。这笔钱哪怕有一百万也不能动！”

萨利深感失望，涨红了脸。

“艾莱柯！”他气呼呼地说，“咱们苦干了这么多年，一个钱掰成两半花；如今咱们有钱了，总要——”

看到她的眼神柔和了下来，萨利就没有说完。萨利的恳求打动了艾莱柯。她柔声细语地规劝萨利：

“亲爱的，咱们不能动这笔本钱，那不是好办法。拿这笔钱的利息——”

“那也行，那也行，艾莱柯！你真可爱，你真好！利息也不少啊，咱们要是能花——”

“不能全花了，亲爱的，不能全花了，不过你可以花一部分。不大不小的一部分。可是那个整数不能花——一分一厘都要拿去生利，利滚利。你说在不在理？”

“啊，在理——在理。当然在理。不过咱们还得等这么长时间，六个月才能拿到第一笔利息哪。”

“对——也许还要晚一点儿。”

“还要晚，艾莱柯？为什么？利钱不是半年一结吗？”

“照那种办法投资——是半年，可是我不愿用那种办法投资。”

“那你用什么办法？”

“赚大钱的办法。”

“大钱。那好啊。接着说，艾莱柯。是什么办法？”

“投资煤炭。投到开新矿、挖烛煤上头。我说，先投一万打底。等咱们做起来了，一股可以送三股。”

“老天，听起来真不错，艾莱柯！到时候那些股值——能值多少钱？要等到什么时候？”

“约摸一年吧。半年利息百分之十，到一年头上就值三万块。我全都清楚，这张辛辛那提报纸上的广告都写着呢。”

“老天，一万块钱一年变成三万！咱们把那笔钱都投进去，拿回九万来！我马上写信，现在就投——明天就怕来不及了。”

他朝写字台飞奔而去，可是艾莱柯拦住他，把他拉回椅子上来。她说：

“别晕头转向了，那笔钱不到手，咱们就买不了股，这你还不知道吗？”

萨利的激情减了几分，可他还没有完全平静下来。

“可是，艾莱柯，那笔钱是咱们的了，你知道——而且马上就要到手了。说不定他已经脱离苦海了。百分之百，现在他正打点下地狱的行头呢。我想——”

艾莱柯打了个激灵说：

“你怎么能这样呢，萨利！可别说这种没脸的话。”

“那好，只要你高兴，让他戴个光圈上天堂也行，他怎么样和我无关，我只是随便说说。连句话都不许说啦？”

“可你干吗要说那么可怕的话呢？你还没死的时候，别人这样说你，你高兴吗？”

“不高兴。假如一辈子最后一件事就是送钱害人，他也别不高兴。艾莱柯，别管提尔伯里了，咱们说点儿实实在在的事吧。我看煤矿倒是值得把那三万块钱都投进去，这样做有问题吗？”

“把赌注全押到一边——这就是问题。”

“如果这样，那就算了。另外那两万怎么办呢？你想拿它们做什么？”

“不用着急，我好好想想再决定。”

萨利叹了口气：“要是你打定了主意，就这么办吧。”他又沉思了一会儿，说：

“从现在起，一年之内咱们就能用一万赚两万。赚的钱咱们总可以花了吧，艾莱柯？”

艾莱柯摇摇头。

“不行，亲爱的，”她说，“在咱们分到头半年的红利以前，股票卖不出好价钱。你只能花一部分。”

“哼，就能花那么一点儿啊——还得等整整一年！活见鬼，我——”

“哎，沉住气！也许用不了三个月就分红呢——这完全有可能啊。”

“哦，那太好了！哦，谢谢你！”萨利跳起来，千恩万谢地吻着妻子。“那就是三千块钱啦——足足三千块呀！这三千块咱们能花多少呢，艾莱柯？大方点儿——说定了，亲爱的，你就行行好吧。”

艾莱柯太高兴了，高兴得经受不住丈夫的压力，答应拿出一千块钱来——其实，理智告诉她花这么多钱简直是瞎胡闹。萨利把妻子一连吻了六七遍，即使如此，也表达不了他的兴奋和感激之情。这一轮感激和爱心攻势把艾莱柯逼得远离了节俭防线，在重新稳住阵脚以前，她又批给了亲爱的一笔钱——两千块。按她的想法，这两千块钱是遗产里还没动用的那两万块一年内可赚的五万或六万块钱的一部分。萨利眼中闪烁着激动的泪花，他说：

“哦，我得抱你一下！”于是他就抱了。抱完以后，萨利拿着账本坐下来开始算账，先算第一批他想尽早敲定的大件。“马——马车——雪橇——雪橇障子——漆皮——狗——大礼帽——教堂椅子——上弦的表——镶新牙——嘿，艾莱柯！”

“什么事？”

“还没算完呢，是吗？算吧算吧。那两万块钱投出去了吗？”

“没有，那笔钱不着急，我要先四处看看，再拿主意。”

“那你怎么还没算完呀？算什么呢？”

“嗨，我得想想投资煤矿赚的三千块钱该派什么用场啊，对不对？”

“老天，你瞧我这脑子！我怎么没想到呢。你是怎么安排的？算到哪一年啦？”

“不太远——也就是两三年吧。这笔钱我又安排了两次投资：一次投石油，另一次投小麦。”

“嗨，艾莱柯，真不错！一共能赚多少？”

“我想想——嗯，往少里说，大约能赚十八万，也许还能多赚点儿。”

“喝！太棒了！我的天哪！咱们总算是苦尽甜来了。艾莱柯！”

“什么事？”

“我想一下子捐给教会三百块——有这么多钱，干吗不花呢！”

“这再好不过了，亲爱的，这才是像你这样慷慨无私的人应该干的事呢。”

听了这番表扬，萨利心花怒放。不过他很公道，说这件功德还是要给艾莱何记头功，因为没有艾莱柯，他也拿不到这些钱。

然后他们上床去睡觉，由于高兴得丢三落四，连客厅里的蜡烛都忘了吹灭。等脱了衣服，他们才想起这件事来。萨利说，蜡烛即便值一千块钱，他们也用得起，就那么点着吧。可艾莱柯还是下床去把蜡烛熄了。

艾莱河的这次熄烛行动可谓一箭双雕，因为就在走回床边的路上，她突然想出了一个主意：趁那十八万块钱还没晾凉，把它翻成五十万块钱。

## 三

艾莱柯订的那份小报是周四出报，周六那份报纸才能从提尔伯里的村子跋涉五百里抵达这里。提尔伯里的那封信是周五写的，就算他当时就死，也晚了一天，赶不上当周的报纸，不过离下一周的出报时间还早着呢。这样，福斯特一家还要等差不多整整一个星期，才能知道提尔伯里是不是已经功德圆满了。这个星期好长好长，那根弦绷得好紧好紧。要是不想点有益身心的事儿，他们夫妻俩简直要顶不住了。我们已经看到，他们并不缺有益身心的事。女的正一个劲儿地忙着积累财富，男的忙着花钱——只要妻子给他花钱的机会，不论大钱小钱都无所谓。

终于到了周六，那份《萨加摩尔周报》来了。是埃弗斯利·本内特太太送来的。她是长老会牧师的妻子，正在劝说福斯特夫妇积德行善，捐一笔钱。可是，话头还没展开，就戛然而止——责任全在福斯特家一方。本内特太大很快就发现，两位主人对她的话充耳不闻。她摸不着头脑，气呼呼地起身告辞了。本内特太太刚出门，艾莱柯就迫不及待地撕开了报纸的封套，她和萨利的眼光一起齐刷刷地掠过报上的讣告栏。真是大失所望！哪儿也没提到提尔伯里。艾莱柯从小就是个基督徒，基督徒的规矩和习惯的力量都约束着她的情感。她定了定神，用备感欣慰的口气说：

“谢天谢地，他还没有过去哪。再说——”

“这个老不死的，我真想——”

“萨利！你不害臊吗？”

“我才不在乎呢！”丈夫怒气冲冲地回答，“咱们心里想的都一样，要不是假仁假义地装蒜，你也会实话实说。”

艾莱柯的尊严受到了伤害，她说：

“我真不知道你怎么能说出这种不仁不义的话来，我什么时候假仁假义来着？”

萨利还是愤愤不平，不过他想换一种说法蒙混过关，同艾莱柯休战——好像换汤不换药就能把这位行家里手瞒过去似的。萨利说：

“艾莱柯，我可没那么坏，我原来的意思不是说假仁假义，我是说——是说——信教的那老一套，你明白吗？唔，就是生意人那一套。就是——就是——嗨，你明白我是什么意思。艾莱柯——就是——比如说，要是你拿一个空壳子摆出来当实心的东西，你也不觉得这事有什么不妥当；这不过是生意人的习惯，是从古到今的老规矩，是一成不变的风俗，是守——守——妈的，我找不出合适的词来，反正你明白我的意思。艾莱柯，这里头没有什么害人之心。我再试试换一种说法，你瞧，比如说一个人——”

“你说得够多了，”艾莱柯冷冷地说，“咱们别再说这个啦。”

“好吧，好吧，”萨利热情洋溢地答道，他擦着脑门上的汗，好像不知道怎么表达他的谢意才是。他沉思着做自我批评：“我本来拿了一把好牌——我明明知道是好牌——可我光抓在手里没打出去。我打牌总是犯这个毛病。要是我能坚决一点——可我没有。我从来没有。我的学问还不够啊。”

自认吃了败仗，他也就俯首帖耳了。艾莱柯的眼神宽恕了他。

那个很有兴趣、最有兴趣的问题马上回来了。无论什么事情也只能把它压一小会儿。这对夫妇又开始猜报上为什么没有提尔伯里死讯的哑谜。他们猜过来，猜过去，一会儿走投无路，一会儿又柳暗花明；可是转了一个大圈子，他们又回到原地，承认之所以没有提尔伯里的讣告，唯一真正合理的解释——毫无疑问——就是提尔伯里还没死。这事有点儿让人泄气，甚至可能有那么一点儿不公平；不过事已至此，也只有听其自然了。他们对此看法一致。在萨利看来，虽然天意如此，毕竟反常，不可思议。说实话，这是他能想到的最不可思议的事情之一——想到这里，他也就带着几分情绪说了出来。不过，要是他的本意是想引出艾莱柯的话来，那就落空了。艾莱柯就算有想法，也都藏在心里。别管是在人世还是去阴间，她的习惯是在所有场合都不轻举妄动。

这对夫妇只有等着下周的报纸——显然提尔伯里是拖延了死期。这就是他们的想法和决定。于是他们就把这件事撂在一边，尽力打起好心情各自忙他们的事去了。

他们并不知道自己完全错怪了提尔伯里。那封信上提到的事，提尔伯里说到做到。他已经死了，按期死了。如今他死了四天多，已经安息了。死得彻头彻尾，死得完完全全，和公墓里头的每一位新鬼并无不同。提尔伯里死讯有足够的时间上《萨加摩尔周报》的讣告栏，只因一点点疏漏却没能上去。这种疏漏任何一家都市报纸从不会出，可是对《萨加摩尔周报》这样的乡村小报来说，却不足为奇。这一次是在社评版截稿的时候，霍斯提特绅士淑女冰激凌店白送了一夸脱草莓冰激凌。于是，为提尔伯里写的那几句平平淡淡的悼词就给抽掉了，腾出版面来刊载编辑对冰激凌店热情洋溢的谢辞。

提尔伯里的讣告字版送到备用架上的时候，被弄乱了。本来，这条讣告将来还可以用，因为《萨加摩尔周报》从来不糟蹋“备用”稿，只要字版不乱，“备用”稿就常备不懈。可是只要字版一乱，稿子就算完了，不会起死回生，也就永远没有见报的机会了。所以，不管提尔伯里高不高兴，就算他在坟墓里暴跳如雷，也无济于事——他的死讯在《萨加摩尔周报》上永无出头之日了。

## 四

五个冗长乏味的星期过去了。《萨加摩尔周报》准时在每个周六送到，却从来只字不提提尔伯里·福斯特。这时，萨利再也没有耐心了，他恼怒地说：

“这条他妈的老命，他还真的不死啦！”

艾莱柯非常严厉地批评了丈夫，她义正词严地说：

“你也不想一想，要是这句混账话刚出口，你也一蹬腿就死了呢？”

萨利还没来得及仔细想想，就说：

“那算我走运，没把这句话憋在心里。”

自尊心逼着萨利说点儿什么，可他又没想好合情合理的话，就顺嘴说了这一句。接着，他偷了一垒——这是他的说法——就是溜之大吉，好免遭妻子连珠炮般的责问。

六个月一晃就过去了。《萨加摩尔周报》仍然只字不提提尔伯里的事。这期间，萨利已经三番两次进行试探——暗示他想搞清楚。可是艾莱柯对这种暗示视而不见。于是萨利决定鼓足勇气，冒险正面进攻。他直截了当地提议自己乔装改扮，打入提尔伯里的村子，偷偷地摸清情况。艾莱柯斩钉截铁地制止了这个危险的计划。她说：

“你想什么来着？净给我添乱！你就像个小孩子，得时时看着你，要不然就闯祸。该干什么就干什么去吧！”

“嗨，艾莱柯，我能做得神不知鬼不觉——我保证。”

“萨利·福斯特，你难道不知道你得四处打探吗？”

“是啊，那又怎么啦？谁都猜不出我是谁呀。”

“嚯，瞧你说的！有朝一日你得向遗嘱执行人证明你从来都没有打听过。那时你怎么说？”

他把这个茬忘了。他答不上来，没什么好说的了。艾莱柯接着说：

“别瞎出主意了，也别再添乱了。提尔伯里给你设好了陷阱。你明白那是个陷阱吗？他在旁边看着，就盼着你往里面跳呢。好吧，只要有我在，他就得竹篮子打水—— 一场空。萨利！”

“嗯？”

“只要你活着，哪怕等一百年，你也别问一句那件事。你答应我！”

“好吧。”萨利不甘心地叹了一口气。

艾莱柯的口气缓和了下来，她说：

“别沉不住气，咱们快成功了。咱们可以等着，不用着急。咱们那两笔固定收入一直在增加，至于期货，我从来没有看走过眼——这些钱财正万儿八千地往上翻呢。本州里再没有另外一家像咱们这样走运了。咱们已经开始往富人队里混了。这你都知道，是吧？“

“是，艾莱柯，没错。”

“那就得感谢上帝的恩赐，别再自寻烦恼了。没有上帝的帮助和指引，你敢想咱们有这样多的收获吗？”

答话的人吞吞吐吐：“不——不，我不敢想。”萨利又满怀深情，用赞赏的口气说：“不过，说到炒股票的智慧和要弄华尔街的小手腕儿，我倒觉得你用不着外行帮忙，要是真想，我——”

“别说了！可怜的孩子，我知道你没有害人之心，也没有大不敬的意思。可是，你一张嘴，就总是漏出几句吓人的话来。你老是让我提心吊胆的，为你、也为咱们家捏着一把汗。以前打雷我没害怕过，可如今我一听见打雷，就——”

她停住嘴，哭了起来，再也说不下去了。此情此景深深打动了萨利，他攥住妻子的手千般抚慰，发誓要痛改前非。他自责了一番，后悔不迭地请求宽恕。他诚心诚意地为自己的言行道歉，说只要能够弥补过失，他甘愿做出任何牺牲。

他私下里把这件事深刻反思了好长时间，决心今后大面上要过得去。发誓洗心革面并不难，其实他已经这样做了。可是，这样做真有什么好处，有什么长远的好处吗？没有，这都是暂时的——他深知自己的弱点，很痛心地自认这个弱点——说得到但是做不到。一定要想更好、更保险的办法不可，这样的办法他到底想出来了。他从自己一分一厘节省的血汗钱里拿出一笔来，在房顶上安了一个避雷针。

时隔不久，他故态复萌了。

习惯这东西能创造出多少奇迹啊！而习惯又是多么快，多么容易形成啊——无论是不起眼的小习惯，还是脱胎换骨改造我们的大习惯，全都如此。如果一连两天偶然都在凌晨两点睁眼，我们就必须小心了。因为再来一次，这偶然就变成了习惯；还有，只消一个月的酗酒放荡——不过，这些都是人所共知的事实，不说也罢。

耽于幻想的习惯、白日做梦的习惯——这种习惯发展得多快啊！它已经成了一种享乐。一有闲暇，我们就被它勾走了魂，深陷其中。它侵蚀了我们的心灵，让我们沉醉于蛊惑人心的妄想之中——是啊，我们的梦幻生活和我们的真实生活混淆不清，真假难辨，这是多么迅速，多么轻而易举的事情啊！

不久，艾莱柯订了一份芝加哥的日报和一份《华尔街指数》。她用了整整一个星期，拿出每周日读圣经的劲头来，勤奋研读这两份报纸，重点研究财经版。萨利注意到，她预测和把握物质和精神市场证券行情的天赋和判断力正在迅速而稳步地发展壮大。对此，萨利佩服得五体投地。他为艾莱柯闯荡世俗股市的勇气和胆略感到骄傲，对她处理精神事务时戒急用忍的心态也同样自豪。他注意到艾莱柯无论在哪一方面都从不丧失理智；她颇有胆量，在尘世的期货市场上总是做短线，但是她小心翼翼地到此为止——在其他方面，她做的都是长线。她的策略既稳健又简明，就像她对萨利解释的那样：她在世俗期货方面的投入是投机，而在精神期货方面的投入则是投资。对前者她不惜走钢丝，碰运气；对后者她却“不肯弄险”——她不光要翻倍，还要股票过了户才算数。

没过几个月，艾莱柯和萨利的想像力就培养起来了。每日的训练开拓了这两部机器的活动范围，提高了效率。结果，艾莱柯在想像中赚钱的速度比开始时设想的快得多，萨利和她比翼齐飞，花富余钱的本领也与日俱增。开始时，艾莱柯把投资煤矿的收益期定为十二个月，她对这个期限也许会缩短为九个月的问题不予考虑。可那只是还没启蒙时的小儿科，是在金融方面未经指导、没有经验和缺乏实践的花拳绣腿。不久她就开了窍，九个月的期限消失了，那笔想像中的一万块钱投资翻了三倍后阔步归来。利润凯旋了！

这是福斯特夫妇大喜的日子。他们都高兴得说不出话来了。说不出话来的另一个原因是：在细细观察市场之后，艾莱柯战战兢兢地用遗产中剩余的两万块钱冒险炒了一把。在想像中，她眼看着手里的股票一个点又一个点地往上涨——伴随着股市每时每刻都可能暴跌的风险——最后，她的精神压力太大，再这样下去实在承受不住了——她做这种冒险生意还是新手，心太软——于是，她用想像中的电报给想像中的经纪人发出一个想像中的指令，让他抛出。她说四万块钱的赚头已经够多了。抛出这笔股票，恰逢煤矿的投资给他们返回丰厚利润的那一天。正如我方才讲到的，这夫妻俩说不出话来了。那天夜里他们大喜过望、如醉如痴，极力想意识到一件了不起的大事，那就是这笔财富——想像中的现款——实际上净值十万。实打实的十万。

从此，艾莱柯再也不怕投机做股票；起码不再害怕从梦中惊醒，面颊惨白——那都是初出茅庐时的事情了。

这的确是个永志不忘的夜晚。慢慢地，已经发了财的意识在这对夫妻的灵魂深处站稳了脚跟，于是他们开始给这些钱派用场了。假如我们能透过这两位梦乡客的眼睛展望，就能看到他们那幢整洁的小木屋消失了，代之以一栋两层的砖瓦房，房前有铸铁的栅栏；我们还能看到从客厅的天花板上垂下一盏三个头的煤气灯；原先家用的碎布地毯变成了一码一块五的华贵布鲁塞尔货，大路货的壁炉也不见了，一座装着云母窗的考究大壁炉堂而皇之地取代了它。咱们还能看到其他一些东西，其中有马车，雪橇幛子，高筒礼帽，等等。

从此以后，尽管他们的女儿和邻居们看到的还是旧木屋子，可在艾莱柯和萨利眼里，那是一栋两层楼的砖瓦房；艾莱柯天天晚上都为想像中的煤气费单子操一会儿心，然后从萨利满不在乎的回答中得到很大的安慰：“那算什么？咱们付得起！”

他们富起来的第一天晚上，这夫妻俩上床之前决定庆祝一番。他们一定要开一个派对——主意已定。可是，怎么跟女儿、跟邻居们解释呢？他们不能暴露已经富起来的底牌。萨利想开派对，甚至有点儿迫不及待；可是艾莱柯头脑清醒，没有批准。她说，尽管这些钱就像到手的一样，可还是等到真正到手才好。她坚持这个立场，毫不动摇。必须保守这个大秘密——对女儿、对邻居们都要保密。

这对夫妻左右为难。他们必须要庆祝，他们打定主意要庆祝。可是，既然要保密，他们怎么庆祝呢？三个月之内没人过生日。提尔伯里还没解决，他显然是要长命百岁了。那，他们庆祝什么呢？萨利想着想着，越来越着急，越来越心烦意乱。不过，萨利终于找到了出路——在他看来，这是神来之笔——把所有的烦恼一下子统统勾销；他们可以用发现美洲纪念日的名目庆祝。绝妙的主意。

艾莱柯也为萨利的才华感到自豪，几乎想不出合适的词来表示嘉许——她说，她自己怎么也想不出这个主意来。虽然萨利受宠若惊，对自己的才华也节赞叹，不过他还是使劲忍着，说是这算不了什么，谁都想得到。艾莱柯听了，得意洋洋地晃着脑袋，高兴地说：

“啊，没错！谁都能——啊，谁都能想到！比方说霍萨纳·迪尔金斯吧！阿得尔伯特·皮纳特也能——呃，亲爱的——没错！那好，我倒想看他们来比试比试，没别的意思。老天爷，连他们能想到发现一个四十英亩的小岛，我都不敢信；要说发现整个大陆，萨利·福斯特，你再清楚不过了，让他们搜肠刮肚，他们也想像不到！”

这位可爱的女子知道丈夫有天赋；即使爱情使她稍稍地把丈夫的天赋高估了一点儿，不过是甜蜜而温柔的过错而已，为了爱的缘故，这是可以原谅的。

## 五

庆祝会开得很顺利。朋友们老少咸集，济济一堂。年轻人有弗萝酉·皮纳特、格蕾丝·皮纳特以及她们的哥哥阿得尔伯特·皮纳特。他是一个满了师的年轻补锅匠，生意正红火。还有小霍萨纳·迪尔金斯，他是一个刚刚满师的泥瓦匠。阿得尔伯特和霍萨纳已经对克莱藤内斯特拉和格雯德伦·福斯特献了好几个月的殷勤，两个女孩的父母察觉以后，心中暗喜。现在他们突然发觉喜不起来了。他们意识到经济状况的改变已经在他们的女儿和两个小工匠之间筑起了一道社会地位的屏障。两个女儿如今可以往高处走了——一定要往高处走。不错，一定要往高处走。她们不必嫁给级别比律师或者商人低的男人了。老爸和老妈操着心呢，决不能让她们下嫁。

可是，这些念头和设想都藏在心里，没有摆到桌面上来，也没有给庆祝活动罩上阴影。摆到桌面上来的是志得意满的矜持和高傲，以及气度不凡的派头和从容的举止，让客人们发出由衷的赞叹，感到十分惊讶。人人都察觉了这一点，大家议论纷纷，但是没人能发现其中的秘密。这里面有非同寻常的神秘之处。有人随口说了两句，却没想到他们是歪打正着：

“他们就像是发了横财似的。”

一语中的，正是如此。

多数母亲都会按照老规矩包办儿女的婚姻大事，她们会向女儿训话，讲一通莫测高深却又不着边际的大道理——这种训活往往事与愿违，只会把女儿训得泪水涟涟，引起她们内心的反感。如果这些母亲还要教训那些小工匠不要再打女儿的主意，就会把事情弄得更糟。然而，这位母亲却与众不同。她很务实。她既没有教训那两个年轻人，也没有对其他人提及此事，只告诉了萨利一个人。萨利听完了表示理解，不光理解，还赞不绝口。他说：

“我明白你的意思。不能当面给这些货色挑毛病，这样不讲场合会伤了感情，坏了生意。你不用加钱，只消把货物的成色提上去，听其自然就行了。艾莱柯，这就叫聪明，实在聪明，绝顶聪明。你想要什么样的货色？选好了没有？”

没有，她还没有选好。他们必须在市场上巡视一遍——他们就这么办了。他们首先把两个人提上了议事日程，他们是正在崛起的年轻律师布雷迪什和年轻牙医福尔顿。萨利一定要请他们来吃饭。然而不是马上就请；艾莱柯说，这事不急。留意这两个小伙子，等等看；如此重要的大事，要慢慢来才不会有闪失。

事实证明这一次也很有先见之明；因为在三个星期之内，艾莱柯大发利市，她想像中的那十万块钱又变成了足色足两的四十万块。那天晚上，他们就如腾云驾雾一般。吃晚饭的时候，他们破天荒地上了香槟。也不是真有香槟，而是运用了充分的想像力弄假成真了。这是萨利提议的，艾莱柯心一软就顺从了。两个人心底里都惴惴不安，羞愧难当，因为萨利是戒酒会的积极分子，参加葬礼时，总是系着一条围裙，连狗都不敢多瞧他一眼。他立场坚定，恪守自己的主张。艾莱柯是基督教妇女戒酒会的会员，该会会员的坚定意志和嫉恶如仇的神圣信念她应有尽有。然而时过境迁，炫耀财富的心理开始挖墙脚了。他们的生活再次证明了一条可悲的真理，这条真理已经在人世间反复证明过：尽管信念是抵御浮华堕落、伤风败德的强大而崇高的力量，但是它的力量远不及贫穷。何况拥有了四十万块钱的财富呢！他们重新审议女儿的婚事。这一次牙医和律师已经名落孙山；他们的机遇已经丧失，退出了候选人之列，不够格了。他们讨论了猪肉批发商的儿子和镇上银行老板的儿子。可是和以往一样，他们最终的结论仍然是：再等等，再考虑考虑，走一步，看一步，力求万无一失。

他们的运气又来了。密切关注形势的艾莱柯看准了一个绝好的冒险机会，大胆炒了一把股票。紧接着是一段战战兢兢、疑虑重重、忐忑不安的时光，假如不成功，那就倾家荡产了。终于有了结果，艾莱柯激动得晕头转向，说话的声音都走了调：

"再不用提心吊胆了，萨利——咱们已经有整整一百万了！"

萨利感激涕零地说：

"哦，艾莱柯，你是女人尖子，是我的心肝宝贝，咱们终于自由了，咱们财源滚滚，再也不用算计着过日子了。这一回该喝克利廓名酒了！"他拿出一品脱树叶子酒舍命陪君子，一边喝，一边说"真他妈的不便宜"，她的眼睛喜洋洋，水灵灵的。用恨铁不成钢的眼神温柔地指责他。

他们把猪肉批发商的儿子和银行老板的儿子束之高阁，然后坐下来考虑州长和众议员的公子了。

## 六

如果继续跟踪福斯特家的虚财飞速增长的细枝末节，就有点儿乏味了。这一进程确实不可思议，令人眼花缭乱，头晕目眩。随便什么东西，艾莱柯都能点石成金，金光闪闪的财富越堆越高，直逼天穹。千百万的金钱流了进来，强大的财源仍然汹涌澎湃，巨大的流量还在不断上涨。五百万——一千万——两千万——三千万——难道永无止境了吗？

两年的时光在一场蔚为壮观的狂热运动中匆匆度过，陶醉于其中的福斯特夫妇几乎没有留意时光流逝。他们如今拥有三亿块钱；在全国各大财团的董事会里，他们都有一席之地；而且随着时间的推移，财富还在一百万一百万地往上摞，一次一百万，一次一千万，快得让他们刚刚能算清楚。那三亿翻了一番——又翻了一番——一番接着一番。

已经有二十四亿了！

慢慢地，他们的生意有点儿乱了。有必要把股票的账目清一清，理理头绪。这一点福斯特夫妇懂得，也感觉出来了。他们意识到这项工作是必不可少的。然而，他们也懂得，想圆满完成这项任务，就要善始善终，一旦开始就不能中途停顿。完成这项工作需要十个钟头；可是，他们哪有整整十个钟头的空闲时间呢？萨利一天到晚忙着卖别针，卖糖，卖印花布，每日不变。艾莱柯一天到晚忙着做饭、刷碗、打扫屋子、叠被铺床，天天如此。没人帮她干家务，因为两个女儿都养精蓄锐等着跻身上流社会呢。福斯特夫妇知道有办法能腾出十个钟头来，这办法只有一个。可是夫妇俩人羞于启齿；都想等着对方先开口。最后，萨利开口了：

“总要有人让步，那我就让吧。既然我说了——声音大一点儿你也别在意。”

艾莱柯红了脸，不过她很感激丈夫。他们没有再说下去，就自甘堕落了。这堕落就是不守安息日[基督教规定星期日，犹太教规定星期六为安息日。这一天教徒不得从事买卖和其他营利的工作。]不干活的规矩。因为只有这样他们才有十个钟头的时间。这不过是在堕落的道路上迈出的又一步。其他的堕落行为会接踵而来。巨额财富的诱惑是致命的，足以攻破修炼不深者的道德防线。

他们放下窗帘，不守安息日的规矩了。经过艰苦细致的工作，他们把持有的股票清点一遍，逐一造册。这一长串鼎鼎大名真吓人啊！从铁路系统公司、汽船公司、标准石油公司、越洋电缆公司、稀声电报公司，如此等等的其他公司，直到克朗代克金矿、德比尔斯钻石矿、塔马尼贪财公司和邮政部的特权公司。

二十四亿块钱，全都稳稳当当地投在绩优股上，财源茂盛，稳赚不赔。每年的收入是一亿二千万。艾莱柯轻松愉快地吐了一口长气说：

“够了吧？”

“够了，艾莱柯。”

“那咱们怎么办呢？”

“就此打住。”

“洗手不干了？”

“说得对。”

“我同意。这件美事做完，咱们该好好休息休息，花钱享受了。”

“太好了，艾莱柯！”

“怎么样，亲爱的？”

“这些收入咱们能花多少？”

“全都能花。”

看起来，她丈夫好像是一块石头落了地。他一句话也没说，他已经乐得说不出话来了。

一旦发现了这个诀窍，从此以后，他们就不再守安息日的老规矩了。每个周日的晨祷以后，他们整整一天都用来编排——编排花钱的门道。这种美妙的消费活动总是持续到午夜过后。每次花钱大赛时，艾莱柯都大大方方地拿出几百万，施舍给知名慈善机构和教会产业。萨利也出手阔绰，拿出同样数目的钱，花在一些项目上。一开始他还给这些项目分别冠以固定的名目。这只是刚开始的时候。后来这些名目逐渐失去了鲜明的特色，最终淡化成“杂项类”，全都变成不清不白的名目了——这样做倒是安全。因为萨利已经开始瞎折腾了。安排这些数以百万计的巨款增加了家庭开支——买蜡烛的费用，这是一个严肃而极为棘手的问题。艾莱柯为这件事发过愁，很快就不再发愁了，因为发愁的根源已经不复存在。她也曾痛苦过，伤心过，害臊过；不过她保持了沉默，成了一个同谋。萨利开始偷蜡烛了，从商店往回偷，事情从来都是如此。巨额财富对穷惯了的人是一剂毒药，会连皮带骨吞噬他的良心。福斯特夫妇过穷日子的时候，交给他们多少蜡烛都能信得过。可是，如今他们——我们先不涉及这个问题。从偷蜡烛到偷苹果只有一步之遥：萨利开始偷苹果，后来是肥皂，再往后是枫糖、罐头、陶器。只要我们一开始走下坡路，越变越坏可真容易呀！

与此同时，福斯特夫妇气吞山河的金融进程中又有了其他里程碑式的标志。那栋虚构的砖楼换成了一幢花岗岩造的有棋盘格子复式屋顶的建筑。后来，这幢房子也不见了，让位于一幢更加气派的住宅——如此等等。一幢又一幢建在虚空中的豪宅拔地而起，一幢比一幢更高，更宽敞，更精美，然后又一幢跟着一幢地无影无踪了。一直到后来这些大喜的日子，咱们的梦乡客已经住进了一座宫殿式的豪宅，这是一座山顶建筑，四周树木葱茏，宫殿俯瞰着山谷、河流以及云雾缭绕的重峦叠嶂——这都是私产，都归两位幻想者所有。宫殿里仆从如云，个个穿着制服，来自世界各大都市的名流权贵济济一堂，外宾内宾齐备。

这座宫殿在很远的地方，远在天边，迎着东升的太阳，它遥不可及，恍如隔世。它建在罗得岛的新港，那里是上流社会的圣地，美国显贵们的禁脔。按照惯例，每逢安息日晨祷过后，他们在这所豪宅里消磨一部分时光，其他时间花在欧洲，或者花在优哉游哉的私人游艇上。每星期在湖滨镇寒酸的角落里挨过卑微乏味的六天以后，第七天就可以云游仙界——这已经成了他们的固定节目和习惯。

在处处受到制约的现实生活中，他们仍然像往日那样——艰难度日、克勤克俭、小心翼翼、脚踏实地。他们一直对长老会的小教堂忠心耿耿，发自内心地为教会做事，全心全意地恪守神圣而严格的教规。可是在他们的虚幻生活中，他们却追随着幻想的诱惑，却不计较这幻想的性质和变化。艾莱柯的幻想还不算特别反复无常，而萨利的幻想却已经乱了套。艾莱柯在她的虚幻生活中，先是信主教派，因为这个教派的头面人物都有来头。然后改信高教派，这是因为那里的蜡烛点得多，场面比较讲究。自然，后来她又皈依罗马天主教会，因为他们有红衣主教，蜡烛点得更多。可是艾莱柯的这些花样在萨利看来没有一点意思。他的幻想生活是一幅热情奔放、永无止境的激动人心场面。这个千变万化的过程，保证了每一个场景都新鲜活泼、光彩照人，连宗教活动也是如此。他勤奋地参与宗教活动，像换衬衫似的变换花样。

从福斯特夫妇交了财运的最初阶段起，他们就出手大方，随着财富逐渐增加，他们也更加慷慨。不久，他们简直是挥金如土了。艾莱柯每个周日都要建一到两所大学，另加一到两所医院，还有罗顿的一家医院和一批小教堂。时不时地建一座大教堂。有一次，萨利不合时宜、不加考虑地开了一句玩笑，他说："要不是天冷，她已经送走一船传教士，去点化冥顽不灵的中国人了。"

这句没良心的粗话伤透了艾莱柯的心，她哭着跑到一边去了。此情此景让萨利于心不忍，他非常痛苦，臊得直想把泼出去的水收回来。她一句责备的话都没说——这更让他心如刀绞。居然没人让他自我反省——她本来可以劈头盖脑羞辱萨利一顿，可她那宽宏大量的沉默当即报复了萨利，让他反躬自问，唤醒了他自己一连串丑恶的回忆。过去几年不尽财源滚滚来的生活他是如何度过的，这些场景一一展现在他的眼前。他坐在那里一边反省，一边脸上发烧，羞愧难当。看看妻子的生活——多么美好，蓬勃向上。再看看他自己的生活——何等轻浮，充斥着庸俗的虚荣，何等自私，何等空虚，何等卑琐啊！再看看生活的取向——从来没有上进心，只有堕落，不断的堕落！

他把妻子的生活历程和自己的生活历程做了一番比较，找出了自己和妻子的差距——于是他沉思起来——他呀！他还有什么可辩解的？她建造第一座教堂的时候，他干吗去了？纠集了一帮玩腻了的百万富翁凑了一个牌局，在自己的宅子里头瞎折腾。一局输个千儿八百的不算什么，还傻呵呵地为争一个冤大头的美名沾沾自喜呢。她造第一所大学的时候，他干吗去了？他正和一个"相公"鬼混，作践自己呢。他还跟那些放浪形骸、除了钱以外一无所有的百万富翁为伍，干那些声色犬马的苟且勾当。她造第一间育婴堂的时候，他干吗去了？唉！她筹备那个高尚的女性纯洁会的时候，他干吗去了？啊，真是的！她和基督教妇女戒酒会、女性缉酒队的同仁们并肩战斗，扫荡那些害人的瓶瓶罐罐的时候，他干吗去了？他正一日三醉呢。当她捐造了一百座大教堂后，在教皇治下的罗马受到热烈欢迎，教皇向她颁授她当之无愧的金玫瑰勋章的时候，他又干吗去了？在蒙特卡罗抢银行呢！

他停了下来。他实在想不下去了。其他的丑行劣迹更是让人不寒而栗。他站起身来，鼓足勇气想说实话：要让这段见不得人的生活曝光，坦白承认；他再也不能过这种人不人、鬼不鬼的日子了；他要去对她讲清楚。

他说到做到。他对她讲清楚了一切，在她的怀里哭了起来，一哭三叹，乞求她的宽恕，艾莱柯极为震惊，在这场打击下几乎精神崩溃，不过他毕竟是她的亲人，她的主心骨，她心目中的守护神，是她一切的一切。无论什么样的要求，她都不能拒绝。于是他得到了她的宽恕，她觉得从今以后他再也不是从前的他了。她明白，他只能知错，但不会必改；然而，就算他如此道德败坏、腐朽堕落，难道他就不是她的亲人、她的心上人、她生死不渝崇拜的偶像了吗？她说，她嫁鸡随鸡，嫁狗随狗，然后她就敞开自己那扇思念的心扉，放他进去了。

## 七

这件事过后不久的一天周日下午，当时他们正乘着梦中的游艇在夏日的海面上扬帆远航，斜倚在后甲板的天篷底下享受。俩人默默无语，都在忙着想自己的心事。这些日子以来，这种沉默不知不觉地多了起来，最近更加常见，以往的亲密和至诚正在褪色。萨利那次交心种下了恶果，艾莱柯费了好大劲从脑海里驱走那可怕的记忆，可它就是不走。这种记忆的羞耻和苦涩污染了她温馨的幻想生活。如今她看得出来，她的丈夫（每到周日）就变成了一个放荡不羁、人见人烦的家伙。

可是她呢——难道她自己就无可指责吗？唉，她自己明白不是这么回事。她也有件事瞒着他，这是不忠实的行为，为此，她心事重重。她违反了他们之间的约定。还把他蒙在鼓里。在强烈的诱惑下，她又做起了生意；她押上了他们全部的财产，一下子买进了这个国家所有的铁路、煤矿和钢铁企业。现在每逢安息日，她就心惊胆战，唯恐一不留神，泄漏片言只字，让他察觉。由于做了这件对不住丈夫的事，她又痛苦，又懊悔，不由得对丈夫怜悯有加。看到他躺在那儿，喝得醉醺醺、浑浑噩噩、从不疑心，她的心中就充满了悔恨。他从不疑心——全心全意、可怜兮兮地信赖她，头上却高悬着一盆可能倾家荡产的祸水，这祸水就是她放的。

"嗨——艾莱柯？"

萨利突如其来的一句话一下子惊醒了她。摆脱了这件烦心事，她非常高兴，就用往日那种甜蜜的嗓音答道：

"什么事啊，亲爱的。"

"你知道吗，艾莱柯，我觉得咱们犯了个错误——这可是你的错。我是说那件婚姻大事。"他坐了起来，肥肥的青蛙肚，慈眉善目，活像一尊铜佛。他的口气郑重起来了，"想想吧——五年多了。你还守着老规矩，一成不变：只要赚一笔，择婿的档次就提高一档。每到我琢磨着要举行婚礼的时候，你的眼光又高了，让我一回回地失望。我觉得你也太难伺候了。总有一天咱们得落个高不成低不就。头一次，咱们把牙医和律师甩了。也罢——甩得有道理。接着咱们甩了银行老板和猪肉批发商的儿子。这也由他去——甩得有道理。再往后，咱们又没看上众议员和州长家的公子——我承认这也没有什么不妥。接下来是参议员和合众国副总统的公子——做得很对，这种芝麻官做不长远。后来你就瞄上贵族了；我记得当时咱们家的油田终于见油了——对。咱们要在四百家大户里面蓖一遍，网罗一些门第显赫、出身不凡的世家贵胄。这些血统纯正的家族历经一百五十年，具备大家风范。一百年前就除去了祖先身上的咸鱼和老羊皮袄的气味，从那以后就再也没有做过一天苦工，两手清清爽爽。到时候了！该举行婚礼了吧？当然。可是不成，从欧洲来了两个货真价实的贵族，你马上让煮了半熟的鸭子飞了。艾莱柯，这可太让人扫兴了！从那以后，又是长长的一队！你甩了两个二等男爵，换成两个男爵；甩了这两个男爵，又换成了两个子爵；子爵换成伯爵；伯爵换成侯爵；侯爵再换成公爵。艾莱柯，现在该兑现了吧！——这把牌你已经打到头了。你把四个公爵放在手里挑三拣四。他们的国籍各不相同，个个都美名远扬，血统纯正，谱系清楚。个个都破了产，背了一屁股债。他们要价不低，可咱们能出得起呀。好了，艾莱柯，别再拖了，别再犹豫不决了：把一副牌都摆开，让姑娘们自个儿挑吧！”

在萨利对艾莱柯的婚姻战略大张挞伐的过程中，她一直面带温柔而沉稳的笑容。她的眼里闪出一丝快意的光芒，那似乎是得胜时流露出的欣慰的惊诧。她用尽可能平静的口气说：

“萨利，要不，咱们就找个——找个皇族吧？”

真不得了哇！这可怜的人儿一下子昏了头，跌倒在船侧的龙骨板上，小腿被错架擦破了一层皮。有一阵儿，他两眼直冒金星，后来清醒了，才一瘸一拐地走过去坐在妻子身边。他那双朦朦胧胧的眼睛，向妻子倾诉着当年的那种赞美和爱意。

“老天爷！”他热情洋溢地说，“艾莱柯，你真棒——你是全世界最棒的女人！你真是莫测高深，我服了。我一直以为有资格对你的规划指手画脚。就我！还指手画脚呢！假如我停住嘴想一想，就能明白你的锦囊妙计了。亲爱的心肝，我总是这么毛手毛脚，沉不住气——给我讲讲吧！”

这位受了奉承、喜气洋洋的女人凑到他的耳边，悄悄说了一个王子的名字。听了这个名字，他屏住呼吸，乐得脸上放光。

“天哪！”他说，“你抓得真准！他开了一家赌场，还管着一块墓地，一个主教和一座教堂——全都是他自己的产业。全都稳赚百分之五百。他的股无可挑剔，在欧洲都是数得着的金筹股产业。那块墓地——在全世界是优中选优的。除了自杀的，其他鬼谢绝入内；真的，再说，免费埋葬期已经截止，不再优惠了。那个公园地盘不大，不过也够用了。墓地里面有八百英亩，外面有四十二英亩。这是个君主国——这一点至关重要，至于地盘大小倒是无所谓。要光是贪图地盘的话，上撒哈拉大沙漠呀。”

艾莱柯心潮澎湃，她高兴极了。她说：

“你想想，萨利——这个家族从来没有跟欧洲皇亲国戚之外的人通过婚，咱们的外孙子可以登基了！”

“千真万确，艾莱柯——还得手握权杖。外孙子拿着权杖随随便便，满不在乎，就像我拿着一把尺似的。艾莱柯，你抓得太准了。他已经攥在你手心里头了，是不是？跑不了吧？你没给他留活口吧？”

“没留。你就等好消息吧。他不是一份债务，而是一笔资产。另外那个也一样。”

“那一个是谁，艾莱柯？”

“是西基斯蒙德—西格弗里德—劳恩费尔德—丁克尔斯皮尔—施瓦岑伯格—布鲁特沃斯特殿下，卡普雅默世袭大公。”

“不可能！你是开玩笑吧！”

“千真万确，绝无虚言。”她答道。

他万分激动，兴高采烈地把她搂在怀里，说：

“真是太神奇、太美妙了！这是三百六十四个古日耳曼诸侯国中历史最悠久、贵族味最浓的一个，也是俾斯麦取消割据后很少几个允许保留族产的王室之一。我知道那个庄园，我去过那儿。那儿有一个制绳作坊，一个蜡烛厂，还有一支军队。一支常备军，步兵骑兵都有。有三个兵，一匹马。艾莱柯，咱们漫长的等待旅途既有伤心，也有希望，上苍有眼，我现在真高兴。我又高兴，又感激你，亲爱的，这都是你的功劳。定下日子了吗？”

“下个周日。”

“太好了。咱们要把这两桩婚事按照最时兴的盛典规矩来办。要符合男方王室家族的身份。据我所知，对王室来说只有一种形式的婚姻是神圣的，也只有王室才配，那就是与民女联姻。”

“干吗要这样叫呢，萨利？”

“不知道。不管怎样，这是王室的做派，只有王室才配。”

“那咱们就照章办事。而且——我还非要这样办不可。要结就按和民女联姻的排场办，不这样办就别结。”

“一言为定！”萨利一边说，一边高兴得摩拳擦掌，“这在美国可是头一份啊。艾莱柯，这场婚礼非让新港那儿的人都得了红眼病不可。”

他们又陷入沉默，幻想的翅膀飘然而起，飞向全球的各个角落，邀请所有的王公贵族和他们的家人，并且白送他们路费。

## 八

这对夫妇过了三天腾云驾雾的日子。对周围的一切他们只有模模糊糊的意识，看到的所有东西都是影影绰绰的，就像罩在纱幕后面。他们沉溺于幻境之中，常常听不懂别人说的话，回答自然也是颠三倒四，东一榔头，西一棒槌。萨利卖蜜用秤称，卖糖用尺量，顾客要蜡烛，却给人家肥皂。艾莱柯把猫放到盆里洗，把牛奶倒在脏衣服上。大家莫名惊诧，嘁嘁喳喳地到处议论，“福斯特两口子这是怎么啦？”

三天以后发生了大事情。事态出现了好的转机，连续二十四个小时，艾莱柯的想像世界迅速膨胀。上涨——上涨——继续上涨！超出了成本价。继续上涨——上涨——上涨！超出成本价五个点了——十个点——十五个点——二十个点！这笔巨额投机生意已经获得了二十个点的净利润。艾莱柯想像中的经纪人从想像中的远方声嘶力竭地喊叫：“抛吧！抛吧！看在上帝的份儿上，抛掉！”

她把这个惊人的消息透露给萨利，萨利也说，“抛吧！抛——可别大意，现在你就能财冠全球了！——抛！抛！”然而，她凭借钢铁意志继续长驱直入。她说，哪怕死在这上面，她也要攥着股，让它再涨五个点。

这是一个致命的决策。就在第二天出现了历史性暴跌，创纪录的暴跌，灾难性的暴跌。华尔街赔掉了底，所有金筹股在五个小时之内下跌了九十五点。有人看见亿万富翁在包华利大道讨饭。艾莱柯仍然持股观望，能坚持多久，就坚持多久。可是，终于来了一个她无力去接的电话，她想像中的经纪人出卖了她。这时——直到这个时候，她身上的巾帼气概才烟消云散，又恢复了女人的本来面目。她搂着丈夫的脖子哭诉：

“都是我的错，你不要原谅我，我实在受不了了。咱们是穷光蛋了！穷光蛋，我的命苦啊。婚礼庆典再也不能举行了。全都完了；现在咱们连个牙医都买不起了。”

尖刻的责难涌到了萨利嘴边，他想说：“我求你抛，可是你——”他没有说出口；他不想在追悔莫及的艾莱柯那颗破碎的心上再捅一刀。他想到了一个比较高尚的念头，说：

“艾莱柯，挺住，还没有全完呢。我叔叔的遗产你并没有拿一分一厘去投资，你投的是那笔钱无形的未来收益。咱们赔了的只是你用举世无双的金融头脑和眼力，凭借那笔未来收益获得的增值部分。打起精神来，抛开这些烦恼。咱们还有三万块钱没有动，可以想像，凭你已经具备的经验，在两年之内用那笔钱你能创造多少业绩！那两桩婚事吹不了，只是推迟了。”

这些宽心话句句在理，艾莱柯听进去了，马上产生了电击一样的作用。她的眼泪止住了，重新焕发出勃勃生机。她眼里闪着光芒，心中充满感激之情，举手发誓，展望未来，她说：

“现在我宣布——”

可是她的话被一位客人打断了。来人是《萨加摩尔周报》的编辑兼老板。他碰巧到湖滨镇来探望即将走完人生旅途的祖母。除了这桩伤心的使命，他还想顺便办一件事，因此来造访福斯特夫妇。这对夫妇过去几年专注于其他事务，忘了付报钱。欠款一共是六块钱。这客人来得正是时候，他一定熟悉提尔伯里，知道他可能什么时候进棺材。当然了，萨利他们不能这样问，因为那会触犯遗嘱，不过他们可以绕着圈子打听，希望能有结果。可是，这个计谋没有奏效。那位木头编辑根本不懂得人家正在跟他套话。有心栽花花不发，无意插柳柳成荫。那位编辑说着说着，需要打个比方，就说：

“老天爷，就像提尔伯里·福斯特那么难缠！——这是我们那儿的一句俗话。”

这句话突如其来，把福斯特夫妇吓了一跳。编辑看见了，抱歉地说：

“我敢说，这句话并无恶意。就是随便说说；是一句玩笑话，你们知道——没什么意思。你们跟这个人沾亲吗？”

萨利压下心头迫不及待的热望，极力不动声色地回答：

“我们——这个，我们不认识他，只是听说过。”编辑松了口气，恢复了镇定。萨利又问了一句：“他——他——还好吧？”

“他好？嘿，不瞒您说，他五年前就进了鬼门关了。”

福斯特夫妇伤心得浑身发抖，不过他们自己的感觉倒像是高兴。萨利用一种无关痛痒的口气试探着问：

“喔，是吗，人一辈子就是这样，谁也免不了——富翁也难免一死。”

编辑笑了。

“这话要是包括提尔伯里，”他说，“他可担当不起。他身无分文；是全镇子人凑钱给他送的终。”

福斯特夫妇像霜打似的呆坐了两分钟；泥塑木雕一般，浑身直冒凉气。后来，萨利面色苍白、有气无力地问道：

“是真的吗？您说的这是真事？”

“嘿，那还用说！我是遗嘱执行者之一。他什么都没撇下，只有一架小推车留给我了。那车还没有轮子，没什么用处。不过总算是件东西吧，为了报答他，我给他凑了几句悼词，可又让别的稿子挤掉了。”

福斯特夫妇没听进去，他们的心里堵得满满的，什么也装不下。他们低头坐着，除了心痛，全身没有别的感觉。

过了一个钟头。他们还坐在那儿，低着头，一动不动，一声不响。客人早就走了，他们也没发觉。

后来他们摇晃了一下，筋疲力尽地抬起头来，若有所思地相互盯着，如梦如痴，心神恍惚，接着又像小孩子似的颠三倒四说胡话。他们常常只说半句话，就不出声了。看来不是没意识到，就是想不起该说什么。有时候他们从沉默中苏醒过来，闪过一种模模糊糊的感觉：他们的脑袋里想过什么事，然后，他们带着无言的关怀，轻轻拉住彼此的手，表达相互的同情和支持。好像是说："我就在你身旁，我不会撇下你，咱们一起承受；总会解脱出来，忘了这些，总有一块墓地可以安息；忍着吧，用不了多久了。"

他们又活了两年，夜间受尽心灵的折磨。总是冥思苦想，沉浸在悔恨与悲伤的含混梦境里，一言不发。后来，他们俩人在同一天得到了解脱。

临终之际，萨利万念俱灰的心头笼罩着的黑暗消散了一点儿，这时他说：

"飞来的不义之财是圈套，对咱们没好处。火暴的日子没个长远的，为了这个，咱们把甜甜蜜蜜、和和美美的小日子都丢了——别人可别再跟我们学了。"

他闭着眼静静地躺了一会儿。临终的寒意慢慢爬上了他的心头，意识渐渐从他的脑海里消失，他喃喃地说：

"金钱带给他痛苦，他却拿我们来报复，我们跟他无冤无仇啊。他遂了心愿：他老奸巨猾，说给我们只留三万块钱。他知道我们会想办法多赚点儿，这样一来就毁了我们的日子，伤了我们的心。他本来可以再多留点儿，多得让我们不打赚钱的主意，他这样做也不用多破费。心眼儿好一点儿的就会这么做；可他小肚鸡肠，不懂得发善心，不懂——"